Amante

Sharon K

Bianca™

HARLEQUIN™

Editado por HARLEQUIN IBÉRICA, S.A.
Núñez de Balboa, 56
28001 Madrid

I.S.B.N.: 978-84-671-6713-9
Depósito legal: B-32188-2009
Editor responsable: Luis Pugni
Preimpresión y fotomecánica: M.T. Color & Diseño, S.L.
C/. Colquide, 6 portal 2 - 3º H. 28230 Las Rozas (Madrid)
Impresión y encuadernación: LITOGRAFÍA ROSÉS, S.A.
C/. Energía, 11. 08850 Gavá (Barcelona)
Fecha impresion para Argentina: 12.4.10
Distribuidor exclusivo para España: LOGISTA
Distribuidor para México: CODIPLYRSA
Distribuidores para Argentina: interior, BERTRAN, S.A.C. Vélez
Sársfield, 1950. Cap. Fed./ Buenos Aires y Gran Buenos Aires,
VACCARO SÁNCHEZ y Cía, S.A.
Distribuidor para Chile: DISTRIBUIDORA ALFA, S.A.

Capítulo 1

FUE oír su nombre en la radio y todos sus sentidos empezaron a gritar. Laura no tenía tiempo
para los periódicos, incluso si su dislexia no le
hubiera dificultado tanto la lectura, pero se mantenía al
día de la actualidad escuchando las noticias de la mañana en la radio. Normalmente le prestaba sólo rela-
tiva atención, y desde luego no le interesaba en absoluto nada relacionado con las finanzas internacionales.

Pero Karantinos no era un nombre frecuente. Y era
griego.

Laura estaba preparando el pan, echando un puñado
de semillas sobre la masa antes de meter la última bandeja en el horno. Pero de repente se quedó inmóvil y
escuchó con atención, como un animalito que se veía
de repente atrapado y asustado en medio de un territo-
rio hostil.

–El multimillonario griego Constantine Karantinos
ha anunciado los mayores beneficios de la historia de
la naviera propiedad de su familia –estaba diciendo la
voz de la radio–. El playboy Karantinos se encuentra
en estos momentos en Londres para ofrecer una fiesta
en el hotel Granchester, donde se rumorea que anun-
ciará su compromiso con la modelo sueca Ingrid
Johansson.

Laura tuvo que sujetarse a la mesa para no caerse,
sin poder creer lo que estaba oyendo, con el corazón

latiendo dolorosamente. Porque continuaba llevando a Constantine en el corazón, recordándolo tal y como era cuando lo conoció, como si el tiempo no hubiera pasado. Unos recuerdos agridulces de un hombre que todavía era capaz de afectarla profundamente cada vez que pensaba en él. Pero el tiempo nunca se detenía, y eso ella lo sabía mejor que nadie.

Pero, ¿qué esperaba? ¿Que un hombre como Constantine continuara soltero eternamente? En realidad, lo que debería sorprenderle es que no se hubiera casado antes.

Oyó ruidos en el piso de arriba y se apresuró a recoger la cocina antes de subir a despertar a su hijo. Con frecuencia se repetía lo afortunada que era de poder vivir encima de la panadería, y aunque ocuparse de la misma no era el sueño de su vida, al menos le daba unos modestos ingresos con los que complementar sus ocasionales trabajos de camarera. Pero sobre todo les proporcionaba un lugar donde vivir, lo que significaba una cierta seguridad para Alex, y eso era para Laura lo más importante.

Su hermana Sarah ya se había levantado.

—Buenos días, Laura —murmuró Sarah bostezando al salir de una de las tres pequeñas habitaciones del pequeño apartamento que compartían, pasándose los dedos por el pelo. Al ver la cara de su hermana mayor parpadeó y frunció el ceño— ¿Qué demonios ha pasado? ¿No me digas que se ha vuelto a estropear el horno?

Laura negó con la cabeza, y después señaló hacia el dormitorio de su hijo.

—¿Se ha levantado? —preguntó gesticulando sin voz.

Sarah negó con la cabeza.

—Aún no.

Laura miró el reloj de pared y vio que todavía podía permitir diez minutos más de descanso a su hijo antes de llamarlo para que se preparara para ir al colegio. Sujetando a su hermana del brazo, la llevó al pequeño salón del apartamento y cerró la puerta.

–Constantine Karantinos está en Londres –empezó, susurrando las palabras.

Su hermana arqueó las cejas.

–¿Y?

Laura hizo un esfuerzo para controlar el temblor de sus manos.

–Va a dar una fiesta, y dicen que va a comprometerse, con una modelo sueca.

Sarah se encogió de hombros.

–¿Qué quieres que diga? ¿Que es una sorpresa inesperada?

–No, pero...

–Pero ¿qué, Laura? –preguntó Sarah con impaciencia–. No entiendo por qué eres incapaz de aceptar que el cerdo con el que te acostaste hace nueve años no tiene conciencia. Y que después de acostarse contigo no volvió a pensar en ti –su hermana lanzó los brazos al aire–. ¡Ni siquiera se quiso poner nunca al teléfono para hablar contigo! –le recordó furiosa subiendo la voz–. ¡Tú eras lo bastante buena para compartir su lecho, pero no para que te reconozca como la madre de su hijo!

Laura dirigió una mirada preocupada a la puerta cerrada, preguntándose si Alex se habría despertado y les estaría oyendo.

–¡Shh! No quiero que Alex lo oiga.

–¿Por qué no? ¿Por qué no puede saber que su padre es uno de los hombres más ricos del planeta mientras su madre se está dejando la piel en una panadería para mantenerlo?

–Porque no quiero… –Laura se interrumpió.

¿Qué era exactamente lo que no quería?, se preguntó. No quería hacer daño a su querido hijo porque era deber de toda madre proteger a sus hijos. Sin embargo cada vez le resultaba más difícil hacerlo. Hacía menos de un mes que Alex había vuelto a casa con un moretón en la mejilla, y cuando ella le preguntó qué había pasado, el niño se puso a la defensiva y no le respondió. Más tarde descubrió que había tenido una pelea durante el recreo. Y poco después, cuando fue al colegio a hablar con la directora, se enteró del verdadero motivo.

Entonces supo que los niños se metían con Alex porque era «diferente». Porque su piel morena, sus ojos negros y su alta estatura le hacían parecer mayor y más fuerte que el resto de los niños de su clase. Porque las niñas de su clase, incluso a la tierna edad de seis y siete años, habían estado siguiendo a su hijo como perritos falderos. De tal palo tal astilla, había pensado ella recordando al padre de su hijo.

De regreso a casa, Laura había sentido una conflictiva mezcla de emociones. Por un lado quería preguntar a su hijo por qué no se había defendido, pero eso habría ido contra todo lo que ella le había inculcado: a ser amable, a razonar y no a pelear. Si hubiera podido habría llevado al niño a otro colegio, pero era un lujo que no se podía permitir. La escuela pública más próxima estaba a bastantes kilómetros de allí, y además de que Laura no tenía coche, el servicio de autobuses no era muy fiable.

Además, últimamente su hijo cada vez le preguntaba más por su aspecto, tan distinto al de los demás niños de su entorno. Era un niño inteligente y no tardaría en pedir información sobre el padre que no había conocido nunca. Si al menos Constantine hablara con ella, aunque sólo fuera una vez. Si pudiera reconocer a su hijo y dedicarle algo de su tiempo, era lo único que ella quería. Que su querido hijo supiera de dónde venía.

Distraída, preparó el desayuno de Alex y lo acompañó hasta el colegio. Aunque estaban cerca de las vacaciones estivales, últimamente no había parado de llover, y aquella mañana la lluvia continuaba cayendo persistentemente. Laura se estremeció un poco e intentó hablar animadamente con su hijo, pero sentía un fuerte peso en el pecho que casi le impedía hablar.

Alex levantó la cabeza y miró a su madre con sus ojos negros:

–¿Pasa algo, mamá? –preguntó.

«Tu padre está a punto de casarse con otra mujer y seguramente tendrá hijos con ella».

Recordándose lo ridículo que era sentir celos en aquellas circunstancias, Laura despidió a su hijo con un fuerte abrazo.

–No pasa nada, cariño –le sonrió ella, y lo observó meterse por el patio del colegio rezando para que el pequeño discurso de la directora sobre acoso escolar hubiera tenido algún efecto en los salvajes que se habían metido con él.

De vuelta en la panadería, colgó el impermeable mojado en la trastienda e hizo una mueca al ver la cara pálida que la miraba desde el diminuto espejo colocado en la parte posterior de la puerta. La expresión de sus ojos grises era de inquietud. Con el ceño fruncido, buscó un cepillo y se recogió el pelo rubio y liso en una trenza sobre la cabeza.

Poniéndose la bata salió a la panadería donde su hermana ya estaba encendiendo las luces. Sólo faltaban cinco minutos para abrir y atender a clientes deseosos de adquirir pan y bollería recién hecha. Laura sabía lo afortunada que era por tener la vida que tenía, y lo afortunada que era con su hermana, que quería a Alex tanto como ella.

Las dos jóvenes quedaron huérfanas cuando Sarah aún estaba en el colegio. Su madre viuda murió repentinamente una noche mientras dormía y Laura se vio obligada a posponer sus planes de recorrer el mundo para asegurarse de que su hermana pudiera continuar con sus estudios. Pero entonces el destino le hizo olvidarse definitivamente de ellos, porque Laura descubrió poco después que estaba embarazada de Alex.

Su situación económica era difícil, pero al menos tenían la pequeña panadería y el apartamento de la planta superior donde habían pasado buena parte de su infancia. Dado que las dos hermanas siempre habían ayudado a su madre en la panadería, Laura sugirió modernizarla y continuar con el modesto negocio familiar, mientras Sarah dividía su tiempo entre sus estudios y ayudar a su hermana.

Hasta ahora las cosas habían funcionado bien, y aunque los beneficios no eran excesivos, les permitían mantenerse. Pero últimamente Sarah había empezado a hablar de lo mucho que le gustaría poder estudiar Bellas Artes en Londres, y Laura era consciente de que no podía continuar utilizando a su hermana menor como niñera de su hijo. Sarah tenía que hacer su vida.

—Todavía pareces enfadada —comentó Sarah al verla entrar, mientras pasaba un trapo por la encimera.

Laura miró las bandejas de pasteles y tartas bajo la vitrina.

—No enfadada —respondió—. Es que me estoy dando

cuenta de que no puedo seguir escondiendo la cabeza en la arena.

Sarah parpadeó.

–¿De qué estás hablando?

Laura tragó saliva.

«Dilo», pensó. «Venga, dilo en voz alta, así las palabras cobrarán vida y te verás obligada a hacerlo. Lucha por tu hijo».

–De que tengo que ver a Constantine y decirle que tiene un hijo.

Sarah entrecerró los ojos.

–Pero ¿por qué? ¿Porque por fin va a sentar la cabeza? ¿Crees que cuando te vea pasará de la modelo sueca y se pondrá de rodillas para pedirte que te cases con él?

Laura sabía que Sarah hablaba con una dureza sólo permitida a las hermanas, pero también que sus palabras eran verdad. Tenía que olvidarse de todo tipo de noción romántica con el griego multimillonario. Además, ahora Constantine ni siquiera se molestaría en mirarla. A los veintiséis años, tras años de duro trabajo y sin cuidarse, Laura se sentía como si tuviera diez años más. E incluso si todavía su corazón seguía latiendo fieramente por el padre de su hijo tenía que hacer un esfuerzo para apagar completamente unas llamas que eran inútiles y vanas.

–Claro que no –respondió ella amargamente–. Pero se lo debo a Alex. Constantine tiene que saber que tiene un hijo.

–En eso estoy de acuerdo, pero ¿no te olvidas de algo? –dijo Sarah con paciencia–. La última vez que intentaste ponerte en contacto con él no conseguiste nada. ¿Por qué crees que lo conseguirás ahora? ¿Qué ha cambiado?

Laura caminó despacio hacia la puerta de la panadería. No estaba segura de qué había cambiado; quizá se había dado cuenta de que el tiempo pasaba muy deprisa, y de que aquélla podía ser su última oportunidad. Lo que sí sabía era que ahora ya no estaba dispuesta a aceptar que el círculo que rodeaba al magnate griego le impidiera ponerse en contacto con él. Se lo debía a su hijo.

–¿Qué ha cambiado? –Laura repitió lentamente las palabras de Sarah–. Supongo que yo he cambiado, y esta vez hablaré con él. Esta vez lo miraré a los ojos y le diré que tiene un hijo.

–¡Oh, Laura, volverá a pasar lo mismo de siempre! –exclamó Sarah–. No permitirán que te acerques a un kilómetro de él.

Laura quedó pensativa un momento y por fin dijo:

–Buscaré otra forma de hacerlo.

–¿Cómo?

–En la radio han dicho que va a dar una gran fiesta en Londres –dijo ella pensando rápidamente, tratando de poner sus pensamientos en orden–. En un hotel.

–¿Y?

Laura tragó saliva.

–¿Y en qué sector se da la mayor rotación de personal del mundo? ¡En la hostelería! –dijo triunfal–. Piénsalo, Sarah. Seguro que necesitan un montón de personal extra para esa noche, ¿no crees?

–Un momento... –Sarah abrió desmesuradamente los ojos–. ¿No estarás diciendo que quieres…?

Laura asintió, viendo sus planes cada vez más claros.

–Llevo años trabajando como camarera en el hotel del pueblo. Seguro que puedo conseguir una buena referencia.

–Vale. Imagina que te contratan para ese día –dijo Sarah–. ¿Después qué? ¿Qué harás, plantarte delante de Constantine con el uniforme, en medio de su elegante fiesta, y anunciar delante de todo el mundo, además de su futura esposa, que tiene un hijo de siete años?

Laura sacudió la cabeza, tratando de no asustarse ante la audacia de su plan.

–Intentaré ser un poco más sutil –dijo ella–. Pero no pienso irme hasta que se lo haya dicho.

Laura estiró el brazo y dio la vuelta al letrero de la tienda, de «cerrado» a «abierto». Afuera ya había un pequeño grupo de clientes esperando y, en cuanto ella abrió la puerta, entraron en la tienda sacudiendo los paraguas y los anoraks.

Mientras atendía a los clientes con su mejor sonrisa, Laura se dio cuenta de la ironía de su plan. Después de todo, cuando conoció a Constantine Karantinos ella estaba trabajando como camarera, y cayó en sus brazos con una facilidad increíble.

Después, al volver la vista atrás, se preguntó cómo pudo comportarse de una forma tan impropia de ella. Y sin embargo, ocurrió en un maravilloso verano libre de preocupaciones, antes de la muerte de su madre, cuando ella se sentía como si tuviera el mundo a sus pies y ahorraba dinero para viajar por el mundo.

Había sido una ingenua en todos los sentidos, pero unos meses trabajando como camarera en la pequeña ciudad de la costa de Inglaterra con una importante afluencia de veraneantes acaudalados le habían enseñado a tratar a los clientes que regularmente pasaban por allí a bordo de sus yates y atracaban unos días en el puerto deportivo.

Constantine fue uno de ellos, aunque muy distinto a

todos los demás. Con su estatura, el resto de los hombres a su lado parecían insignificantes. El día que Laura lo vio por primera vez lo llevaba grabado en su mente para siempre: con todo el aspecto de un dios griego, la silueta de su cuerpo fuerte y musculoso se recortaba ante el sol del atardecer, y su belleza bronceada y morena sugería una tentadora imagen de fuerza y peligro.

Recordaba lo anchos que eran sus hombros, lo sedosa que era su piel morena, lo marcados que estaban los músculos. Y recordaba sus ojos, negros como el ébano y brillantes como el sol de la mañana sobre el mar. ¿Cómo resistirse a un hombre que era como todas sus fantasías hechas realidad, un hombre que la hizo sentir mujer por primera y única vez en su vida?

Laura recordaba despertar en sus brazos a la mañana siguiente y encontrarlo observándola. Y también cómo lo miró ella, buscando en su expresión alguna pista sobre lo que sentía, sobre ella, sobre ellos, sobre el futuro.

Pero en las profundidades de aquellos ojos negros no había nada.

Laura tragó saliva.

Nada en absoluto.

Capítulo 2

SÍ, VLASSIS –masculló Constantine con impaciencia, mirando a uno de sus ayudantes que se había asomado por la puerta y lo miraba con la expresión que solía adoptar cuando iba a darle una noticia que a su jefe no le iba a gustar–. ¿Qué ocurre?

–Es sobre la fiesta, señor –dijo Vlassis.

Constantine suspiró. ¿Por qué había accedido a dar aquella espantosa fiesta?, se preguntaba una y otra vez, aunque en el fondo lo sabía perfectamente. Porque hacía tiempo que oía comentarios del todo Londres que esperaba poder disfrutar de la legendaria fortuna de los Karantinos. La gente siempre trataba de arremolinarse a su alrededor, y probablemente pensaban que eso les daría la oportunidad de codearse con él. Además, siempre era interesante ver a amigos y enemigos en el mismo lugar, unidos por las emociones gemelas de amor y odio, cuyos límites se solapaban tantas veces.

–¿Qué pasa con la fiesta? Y por favor, no me molestes con tonterías, Vlassis.

Vlassis arrugó el ceño, como si la sugerencia de que él fuera capaz de molestar a su jefe con una tontería le resultara infinitamente ofensiva.

–Lo sé, señor, pero acabo de recibir un mensaje de la señorita Johansson.

Ante la mención de Ingrid, Constantine se recostó en el sillón y unió las puntas de los dedos en gesto pensativo. Conocía muy bien lo que publicaba la prensa. Era lo que publicaban siempre que salía con la misma mujer más de una vez. Que estaba a punto de casarse, como habían hecho la mayoría de sus coetáneos.

Quizá uno de los mejores argumentos a favor del matrimonio sería tener una esposa que se ocupara de la vida social propia de su posición y le dejara a él libre para ocuparse de sus negocios.

–¿Y? –preguntó–. ¿Qué ha dicho la señorita Johansson?

–Me ha encargado que le diga que no llegará hasta tarde.

–¿Ha dicho por qué?

–Algo sobre que la sesión de fotos se va a alargar más de lo previsto.

–Oh.

Constantine alzó sus potentes brazos por encima de la cabeza y se estiró. Después, bajó lentamente las manos y apoyó las palmas sobre el escritorio. El suave repiqueteo de los dedos sobre la superficie lisa era el único indicio externo de que estaba irritado.

La sangre fría de Ingrid fue una de las primeras cosas que le atrajo de ella, además de su regia belleza nórdica. Con una licenciatura en políticas, Ingrid hablaba cinco idiomas con increíble fluidez y, con su más de metro ochenta de estatura, era una de las pocas mujeres que podían mirarlo a los ojos sin alzar la vista. Los labios de Constantine se curvaron en una sonrisa. Además de ser una de las pocas rubias naturales que conocía.

Cuando se conocieron, la reticencia de la modelo a comprometerse y la dificultad para concertar citas con ella lograron despertar su interés e intrigarle, seguramente porque no le había pasado nunca con ninguna mujer. La mayoría de las mujeres lo perseguían con la pasión de un cazador tras una valiosa presa.

Pero con el paso de los meses, Constantine se había dado cuenta de que la actitud de Ingrid era parte de un plan. Consciente de que su belleza podía conseguirle todos los hombres que quisiera, Ingrid no tardó en calcular los beneficios a largo plazo de hacerse la difícil con un hombre como él. Probablemente se dio cuenta de que Constantine nunca había tenido que esforzarse demasiado con las mujeres, por lo que decidió ponérselo más complicado. Y durante un tiempo funcionó y logró despertar su interés. Constantine se dejó llevar.

Ingrid sabía lo que quería, casarse con un hombre muy rico, y también que ya era hora de que Constantine eligiera esposa. ¿Y qué mejor esposa para un hombre como él que una con pocas exigencias emocionales? Incluso a su padre le parecía bien, y aunque nunca había tenido una relación muy estrecha con él, esta vez Constantine no rechazó sus consejos.

–¿Por qué demonios no te casas con ella y me das un nieto de una vez? –le había preguntado su padre.

Buena pregunta. La fortuna de los Karantinos necesitaba un heredero.

Sin embargo, la idea de casarse con Ingrid no le resultaba en absoluto agradable, aunque no sabía muy bien por qué.

¿Cuánto hacía que no se veían? Constantine trató de recordar las últimas semanas, cuando había estado totalmente ocupado con el trabajo. Entonces se dio cuenta de que hacía meses que Ingrid no compartía su cama. Sus caminos parecían cruzarse sobre el Atlántico mientras sus respectivas carreras profesionales continuaban su trayectoria ascendente. Constantine sonrió ligeramente.

–¿A qué hora llegará? –preguntó.

–Dice que espera estar aquí antes de medianoche –dijo Vlassis.

–Esperemos –masculló Constantine irritado antes de devolver de nuevo su atención al montón de documentos que tenía sobre la mesa.

Como era habitual, el trabajo le proporcionaba un agradable refugio que le hacía olvidarse del tema de las relaciones sentimentales. Porque Constantine había aprendido la lección desde muy joven: las relaciones sentimentales no traían más que dolor y complicaciones.

Sobre las seis de la tarde salió del despacho y se dirigió al Granchester, en cuya suite del ático se alojaba siempre que pasaba por Londres. Después de ducharse, se puso el esmoquin para la cena, un par de gemelos de oro y bajó al vestíbulo.

Automáticamente buscó con los ojos a sus hombres de seguridad, que se mezclaban discretamente con la clientela del hotel. Sabía que su jefe de seguridad no podría evitar la presencia de los paparazzi en la entrada principal, pero al menos evitaría que entraran en el edificio para acosar a los ricos y famosos invitados a la fiesta.

Ignorando las miradas de las mujeres que seguían sus pasos con ojos hambrientos, Constantine entró en el salón de baile y miró a su alrededor. El Granchester siempre destacaba por su elegancia, pero aquella noche el hotel se había superado a sí mismo. Ramos de flores decoraban profusamente el salón, que estaba iluminado por unas gigantescas y elegantes lámparas de araña que colgaban del techo.

Una suave voz interrumpió sus pensamientos.

–¿Desea… desea beber algo, señor?

Durante un fugaz momento, la voz pareció despertar en su mente un recuerdo lejano, tan ligero como el aliento en un claro día de verano. Pero al instante desapareció, y Constantine se volvió y se encontró con una camarera de veintitantos años que lo miraba nerviosa a la vez que se mordisqueaba el labio inferior. Los ojos masculinos la recorrieron rápidamente. Algo en su lenguaje corporal lo hizo detenerse y frunció el ceño.

–Sí. Tráigame un vaso de agua, por favor.

–Enseguida, señor.

Milagrosamente Laura logró hablar sin que le temblara la voz, aunque por dentro sintió el profundo dolor del rechazo. ¡El padre de su hijo ni siquiera la había reconocido!

¿Qué había esperado? ¿Que la mirara a los ojos y le dijera que eran unos ojos que le recordaban las nubes grises que se cernían sobre su isla griega cuando se avecinaba una tormenta? Eso fue lo que le había dicho años atrás cuando la sedujo para meterla en su cama.

Aquél fue su momento de decirle que tenía un hijo precioso, ahora que todavía no había aparecido la modelo de la que hablaban todos los periódicos. La impresión de volver a verlo, unido al dolor de comprobar con su propios ojos que ella ni siquiera ocupaba un lugar en sus recuerdos, le hizo perder la oportunidad.

Laura ocultó los dedos temblorosos en el delantal blanco y le dio la espalda, pero el impacto emocional de volver a ver a Constantine fue tan fuerte que por un momento pensó que iba a vomitar.

Pero no podía permitírselo. Tenía que mantenerse alerta, elegir el momento para decirle lo que para él sería una noticia inesperada, y no iba a ser fácil. Conseguir un puesto de camarera en la fiesta de Constantine

Karantinos había sido sencillo. Lo difícil era lo que le quedaba por conseguir.

—¿Qué demonios crees que estás haciendo? —le preguntó en tono severo una mujer de edad madura cuando Laura se acercó a la barra a pedir una botella de agua.

Laura sonrió nerviosa a la directora de catering.

—Sólo le he dicho al caballero si deseaba beber algo...

—¿Caballero? ¿Caballero? ¿Es que no sabes quién es? —siseó la mujer—. ¡Es el anfitrión de la fiesta! ¡El que te está pagando el sueldo! Es un magnate multimillonario griego famoso en todo el mundo, y si alguien le va a ofrecer algo de beber, ésa seré yo. ¿Entendido? Yo me ocupo. ¿Qué ha pedido?

—Agua.

—¿Con gas o sin gas?

—No... lo ha dicho.

La mujer clavó los ojos en ella.

—Querrás decir que no se lo has preguntado.

—Yo... yo... No, lo siento, me temo que no.

Laura tuvo la sensación de que iba a ser despedida en aquel mismo momento, pero entonces hubo cierto tumulto en el otro extremo del salón, cuando llegó el arpista con una serie de exigencias y la directora miró a Laura con severidad.

—Haz lo que tienes que hacer. Ofrécele de las dos, con gas y sin gas, y después te esfumas. No creo que te resulte muy difícil —le espetó antes de alejarse con pasos apresurados hacia el músico recién llegado.

Laura intentó ignorar las mordaces palabras de la mujer y se dirigió con el agua hacia Constantine. Pero por dentro estaba temblando, en parte de incredulidad por haber podido hablar con él, y en parte por la compleja mezcla de sensaciones de verlo otra vez, así como la inconfundible reacción de su cuerpo al ver al padre biológico de su hijo. Algo que no había tenido en cuenta. La sensación de familiaridad, a pesar de que aquel hombre era prácticamente un desconocido.

Porque aquél era Alex de mayor, o mejor dicho, una versión de lo que Alex podría ser en el futuro. Fuerte, poderoso, Próspero. ¿Y no era eso lo que quería cada madre para su hijo?

Sin embargo, el Alex que había dejado en casa al cuidado de su hermana Sarah parecía ir en una dirección totalmente opuesta: acosado en el colegio y viviendo una vida en la que cada penique era importante, ¿cómo podría conseguir realizar su verdadero potencial? ¿Qué clase de futuro le estaba ofreciendo ella?

Por eso, cualquier duda que tuviera sobre lo que estaba a punto de hacer se desvaneció. Porque se lo debía a su hijo.

¿Qué más daba si la reacción de Constantine le había herido en su orgullo de mujer, o si los últimos y románticos recuerdos de los momentos que pasó con Constantine se habían hecho añicos? Lo estaba haciendo por Alex, no por ella. Se lo debía a su hijo.

Pero cuando Laura se acercó de nuevo a él, no pudo evitar reaccionar a distintos niveles y sintió el temblor de su corazón. Los ojos masculinos seguían siendo tan negros como entonces, y los labios un estudio en sensualidad. Era un hombre en todo el sentido de la palabra: pasión y deseo primitivo bajo una sofisticada imagen exterior.

—Su agua, señor —dijo ella tratando de esbozar una sonrisa y rezando para sus adentros para obtener otra en respuesta.

¿No le había dicho en una ocasión que su sonrisa

era como el sol al amanecer? ¿Y la voz? ¿No decían que la voz siempre podía despertar el recuerdo, que la gente cambiaba con el tiempo, pero sus voces no?

Por eso pronunció la frase más larga que pudo decir bajo las circunstancias.

–No sabía si la quería con gas o sin gas, señor, así que le he traído de las dos. Las dos son de... de los Cotswolds –añadió tras echar un rápido vistazo a la etiqueta, y en ese momento recordó algo que había escuchado en un programa de la radio–. Se filtra a través de las rocas calizas oolíticas de los Cotswolds, y no encontrará agua más pura en ningún otro sitio.

–Qué fascinante –respondió Constantine con sarcasmo, tomando uno de los vasos de la bandeja y preguntándose por qué sus palabras sonaban como un anuncio de la marca–. Gracias –dijo con un breve movimiento de cabeza.

Y dándole la espalda se alejó sin más, dejando a Laura con el corazón temblando de rabia y frustración.

Pero, ¿qué había esperado? ¿Que él continuara manteniendo una conversación superficial para darle la oportunidad de decirle que tenía un hijo?

No, la sonrisa no había surtido efecto, ni tampoco su voz. Los ojos negros no se habían abierto desmesuradamente al reconocerla, ni tampoco había sacudido la cabeza para decirle, en un tono de incredulidad y admiración: «Vaya, tú eres la jovencita inglesa virgen con la que tuve la mejor experiencia sexual de mi vida. ¿Sabes que no pasa un día sin que piense en ti?»

Laura se mordió el labio. Las fantasías nunca salían como uno planeaba, y además eran peligrosas. Tampoco debía permitirse regodearse en ellas sólo porque nunca logró olvidar aquella noche. Iba a tener que elegir el momento con cuidado, porque no pensaba salir del hotel sin que Constantine Karantinos conociera toda la verdad.

La velada pasó en un remolino de actividad, pero al menos estar ocupada le evitaba angustiarse demasiado ante las tareas que le esperaba.

Primero hubo una cena para trescientos invitados, durante la que la silla junto a la de Constantine permaneció vacía. Debía ser para su novia, pensó Laura. Pero, ¿dónde estaba? ¿Por qué no se pegaba como una lapa al apuesto griego que hablaba con la mujer que habían sentado a su lado? Laura se fijó mejor en la mujer, que llevaba una diadema de diamantes en la cabeza, y entonces la reconoció. ¡Pero si era una princesa! Una princesa cuyo divorcio había llenado páginas y más páginas de los periódicos las últimas semanas y muchos minutos en los programas de televisión.

Laura pasó a su lado con una bandeja de bombones justo cuando la princesa estaba invitando a Constantine a pasar unos días en su yate, pero éste se limitó a encogerse de hombros y murmurar algo del trabajo.

La luz de las lámparas se reflejaba en las joyas que colgaban de los cuellos de todas las invitadas, y todo el salón brillaba con sus destellos. Al fondo, el arpista interpretaba sus suaves y lánguidas melodías.

No sólo era un mundo totalmente diferente al suyo, pensó Laura mientras devolvía otra bandeja de comida prácticamente intacta a la cocina. Era más bien un universo totalmente ajeno. Pensó en lo que tenía que ahorrar para ofrecer a su hijo unas buenas navidades, y se estremeció al pensar en el coste de aquella fiesta. Sólo el presupuesto en vino tenía que ser más de lo que ella ganaba en todo un año. Y Constantine era quien lo pagaba. Para él, no sería más que una gota en el océano.

Los invitados se habían trasladado al salón de baile, donde el arpista había sido reemplazado por una orquesta y la gente empezaba a bailar al son de músicas más modernas.

Pero los minutos pasaban sin que Laura lograra acercarse a Constantine, y mucho menos hablar con él.

Hubo un momento en el que se hizo un breve silencio entre todos los presentes antes de que un murmullo colectivo resonara por todo el salón, e incluso la gente que bailaba en la pista se detuviera y se fuera haciendo a un lado y otro para abrir paso a la mujer que avanzaba con todo el garbo y la sensualidad de alguien acostumbrada a ser el centro de todas las miradas. La melena larga y rubia platino que le caía sobre la espalda le garantizaba la inmediata atención de todo el mundo, así como los profundos ojos azules de mirada transparente y el contoneo firme y seguro de sus caderas perfectas.

La recién llegada llevaba una espectacular estola de piel blanca sobre un vestido plateado y con su más de metro ochenta de estatura dominaba todo el salón. Y sólo había uno entre los presentes lo bastante hombre para no quedar empequeñecido por su impresionante estatura, el hombre hacia el que ella se dirigía con rumbo certero.

–Es Ingrid Johansson –oyó Laura decir a alguien–. ¿Verdad que es preciosa?

Los dedos de Laura sujetaron compulsivamente el delantal mientras contemplaba a la diosa escandinava acercarse a Constantine y colocarle con gesto posesivo una mano en el brazo antes de besarle en ambas mejillas.

Constantine era consciente de que todo el mundo los estaba observando.

–Desde luego ha sido una entrada espectacular –murmuró él, aunque para sus adentros lo que sintió fue un profundo desprecio.

–¿Tú crees? –Ingrid lo miró a los ojos con expresión entre divertida y burlona–. ¿Tenemos que quedarnos aquí, querido? Estoy agotada.

–No –dijo Constantine–. No tenemos que quedarnos. Si lo prefieres podemos subir a mi suite.

Ante el horror de Laura, la pareja empezó a caminar hacia la puerta, y ella sintió un sudor frío en el cuerpo.

¿Y ahora qué?

Laura vio a algunos de los hombres de seguridad echar a caminar tras ellos, y oyó el murmullo decepcionado de muchos de los invitados al darse cuenta de que las principales atracciones de la noche se retiraban. Constantine no tardaría en quedar tras la misma barrera de protección que tan efectivamente lo había apartado de ella todos aquellos años...

Entonces ella se dio cuenta de algo, algo horrible. ¿Y si lo que le impidió ponerse en contacto con él no fue su cuerpo de seguridad sino él mismo? ¿Y si él estaba al corriente de sus intentos de hablar con él? ¿Y si el padre de su hijo había leído la carta que le envió hablándole de Alex y su decisión había sido ignorarlo?

¿Y si simplemente había decidido no hacer nada por él?

Un sudor frío empapó repentinamente su piel, pero Laura sabía que era una posibilidad que debía aceptar. Si ése era el caso, ahora sería el momento de averiguarlo. Si Constantine decidía de nuevo ignorar la existencia de su hijo... Bueno, al menos que lo hiciera delante de ella, cuando ella pudiera ver la expresión de su rostro.

Laura se acercó a la barra y pidió una botella del champán más caro y dos copas.

–Póngalo en la cuenta del señor Karantinos –dijo ella y se alejó con paso rápido y la bandeja firmemente sujeta antes de que el camarero tuviera tiempo de reaccionar y darse cuenta de que aquella petición correspondía al servicio de habitaciones.

Laura avanzó con pasos seguros y silenciosos por el vestíbulo de mármol, pero los espejos del ascensor la hicieron enfrentarse a la realidad de su aspecto y entonces se estremeció. Con el pelo recogido en un moño y una ridícula cofia en la cabeza, su aspecto no tenía nada que ver con el de la modelo sueca. Llevaba un vestido negro de líneas rectas que le caía hasta las rodillas y sobre él un delantal blanco a juego con la cofia.

Parecía salida de un tiempo pasado, cuando la gente que trabajaba en hostelería eran, más que trabajadores, criados. Laura estaba acostumbrada a llevar uniforme en la panadería, pero no a tener el aspecto de una mujer fantasma y anticuada perteneciente a otro siglo. Una mujer que ahora tenía que plantarse delante de una de las bellezas más famosas del mundo que compartía la cama con el padre de su hijo.

El ascensor se detuvo silencioso en la última planta del hotel y sus puertas se abrieron para hacer realidad uno de los peores temores de Laura. Delante de la puerta de la suite había dos gigantes de pelo negro, ojos penetrantes y aspecto amenazador haciendo guardia. Sin pensarlo demasiado y con una sonrisa de oreja a oreja que trataba de ocultar los nervios que le atenazaban el estómago, Laura echó a caminar hacia ellos.

Uno de los guardaespaldas levantó una ceja al verla dirigirse hacia ellos.

–¿Dónde crees que vas? –dijo con acento griego y cara de pocos amigos.

Laura sonrió con todo el encanto de que era capaz, a pesar de la gota de sudor que descendía lentamente por su espalda.

–Traigo champán para el señor Karantinos.

–Nos ha dicho que no desea ser molestado.

Armándose de valor, Laura esbozó una sonrisa de complicidad e incluso logró guiñar un ojo con picardía.

–Creo que está a punto de anunciar su compromiso –susurró en tono confidencial.

El otro guardaespaldas se encogió de hombros y señaló la puerta con la cabeza.

–Venga, pasa.

Golpeando la puerta con los nudillos, Laura oyó voces apagadas en el interior, pero sabía que no podía echarse atrás. Tenía que llegar hasta el final.

Apartando de su mente la insoportable imagen de Constantine empezando a hacer el amor con la modelo, Laura empujó la puerta. Lo que vio ante ella se clavó en su retina como una incomprensible escena en una obra de teatro surrealista.

Allí estaba Constantine, mirando con dureza a la modelo. Y frente a él la belleza escandinava lo miraba con expresión de incredulidad. La hermosa mujer rubia se había despojado de la elegante estola de piel y el vestido que la cubría no era más que una fina tela plateada que se pegaba a su cuerpo como una segunda piel revelando las marcas de los pezones bajo el suave tejido.

Cuando ella entró, los dos se volvieron a mirarla.

–¿Qué demonio hace usted aquí? –quiso saber Constantine, y frunció el ceño al ver la bandeja que llevaba con el champán y las dos copas–. No puede entrar así en mi suite –masculló–, y no he pedido champán.

Ni siquiera él era tan insensible como para celebrar con champán acabar de romper con su novia, aunque Ingrid continuaba mirándolo como si no lo creyera.

Dejando la bandeja en una mesa, Laura lo miró.

–Necesito hablar contigo –dijo con voz baja y temblorosa dirigiéndose a él. Acto seguido miró fugazmente a la modelo–. A solas, si es posible.

–¿Quién demonios es esta mujer? –preguntó Ingrid furiosa.

Constantine no tenía ni idea, y por momentos se preguntó si no sería una trampa tendida por algunos de sus amigos, o quizá posibles secuestradores.

Pero entonces la recordó del salón de baile del hotel poco antes del inicio de la fiesta y se dio cuenta de que la expresión de la mujer era diferente. De hecho, nunca había visto a una mujer con aquella expresión y eso le hizo estudiarla con más detenimiento.

La camarera, con el pelo rubio recogido en un moño sobre la nuca, tenía las mejillas pálidas, pero los ojos grises eran enormes, y parecía estar haciendo un gran esfuerzo para controlar su respiración.

–¿Quién eres? –quiso saber–. ¿Y qué quieres?

–Ya te lo he dicho –respondió Laura sin alzar la voz–. Tengo que hablar contigo. A solas, si es posible.

Los ojos de Constantine se entrecerraron. Algo en su interior le urgió a escuchar a aquella mujer, y le dijo que debían hacerlo en privado. Por eso se volvió hacia la modelo y cruzó mentalmente los dedos para que no le hiciera el tipo de escena tan propio de algunas mujeres que se sentían despechadas cuando un hombre ponía fin a su relación sentimental.

–Creo que será mejor que te vayas, Ingrid –dijo–. Mi chófer te llevará donde desees.

Laura vio la cara desencajada de la modelo al ser rechazada por Constantine y se sintió llena de remordimientos y vergüenza.

Aquello era terrible, y todo por su culpa.

–Oye, creo que será mejor que... vuelva en otro momento.

–Tú no vas a ningún sitio –le espetó Constantine mirándola con dureza–. Ingrid ya se iba.

La modelo apretó los labios furiosa.

–¡Cerdo! –le insultó, y salió de la habitación con la cabeza alta y sin decir nada más.

Cuando se quedaron solos se hizo un silencio. Laura, con el corazón latiendo aceleradamente de miedo e incredulidad, alzó las manos en un gesto de disculpa.

–Lo siento...

–Cállate –le ordenó él con los puños apretados–. Y no me vengas con tonterías. Ya es un poco tarde para eso. ¿Crees que puedes meterte aquí con veladas amenazas y después comportarte como una persona responsable y preocupada por el desastre que ha creado?

Nerviosa, Laura se clavó los dientes en el labio inferior. Probablemente se lo merecía, y de la misma manera debía aguantarlo. Quizá si le dejara desahogar su rabia, después podrían sentarse y hablar con tranquilidad.

Los ojos negros del hombre se clavaron en ella como dos potentes rayos láser.

–¿Quién eres? –volvió a preguntar él furioso–. ¿Y a qué has venido?

Ignorando el dolor que le producía ver que continuaba sin reconocerla, Laura lo intentó de nuevo.

–Yo…

Apenas podía formar las palabras que quería decir al hombre que la observaba con ojos implacables, pero entonces la cara de Alex se dibujó ante ella y de repente las cosas se le pusieron mucho más fáciles. Respiró profundamente.

–Siento que tenga que ser así, pero he venido a decirte que hace siete años tuve un hijo. Tu hijo –le temblaba la voz, pero continuó y terminó de decir lo que quería decir–. Tienes un hijo, Constantine, y yo soy su madre.

Capítulo 3

CONSTANTINE miraba a la camarera que temblaba visiblemente delante de él y que acaba de hacer una afirmación tan ridícula. Que era la madre de su hijo. De no ser una mentira tan injuriosa, resultaría casi gracioso.

–Eso es imposible –le espetó–. Yo ni siquiera te conozco.

Para Laura fue como si le hubiera clavado un cuchillo en el corazón, pero hizo un esfuerzo para que su dolor no se reflejara en su rostro.

–¿Entonces por qué no has llamado a tus guardaespaldas y les has ordenado que me echaran de aquí sin contemplaciones? –le desafió ella.

–Porque tengo curiosidad.

–O porque sabes que en el fondo puedo estar diciendo la verdad.

–En este caso no –dijo él curvando los labios en una cruel sonrisa–. No está entre mis hobbies acostarme con camareras.

Aquello también le dolió. Claro que le dolió, hasta lo más hondo de su ser, pero sin duda ésa había sido su intención. Laura reprimió el deseo de responder a la burla.

–Quizá ahora no, pero te aseguro que no siempre ha sido así.

Algo en la serenidad y la certeza de las palabras femeninas, en la forma en que la mujer se mantenía frente a él a pesar del uniforme barato y el gesto humilde, hizo a Constantine plantearse la posibilidad de que estuviera diciendo la verdad. La miró a los ojos, como buscando en ellos algún indicio que lo ayudara a entender la situación, pero lo único que vio fue la atormentada angustia que brillaba en los profundos ojos grises, y de repente sintió que el corazón le daba un vuelco. Ojos como nubes de tormenta.

Nubes de tormenta.

Otro recuerdo se removió en los lugares más recónditos de su mente.

—Suéltate el pelo —le ordenó en voz baja.

—Pero...

—He dicho que te sueltes el pelo.

Obligada por el tono ronco de su voz y debilitada por el desdén de sus ojos, Laura levantó los brazos y se llevó las manos a la cabeza. Primero se quitó la cofia, que dejó caer al suelo sin preocuparse de cómo quedara. Ella desde luego ya no volvería a necesitarla. Después, con dedos temblorosos, se quitó las horquillas y por fin la goma que le recogía el pelo.

Con alivio, sacudió la cabeza para soltarse la melena rizada, apenas consciente de la repentina exclamación de Constantine.

Éste observó cómo los mechones rizados caían libres uno a uno, y el pelo de aspecto mediocre se había convertido ahora en una lustrosa cabellera de color miel con brillos dorados que le caía sobre los hombros. Con el rostro todavía pálido, los ojos grises seguían siendo enormes.

Nubes de tormenta, pensó él de nuevo a la vez que los recuerdos se iban filtrando por su mente y formaban una imagen cada vez más nítida.

Un pequeño puerto inglés. Un verano lejos de las presiones de la empresa familiar. Y la necesidad de huir de Grecia en el aniversario de la muerte de su madre, una época en la que su padre se convertía en un llorón insoportable, sumido en la depresión por la muerte de su esposa.

Su padre le había prometido darle más responsabilidades en la empresa naviera de la familia, y aquel verano Constantine se dio cuenta de que aquél sería el último verano que podría dedicar un mes entero a navegar libremente. Y no se equivocó. Al terminar el verano, regresó a Grecia donde tuvo acceso a la contabilidad de la empresa por primera vez. Entonces fue cuando descubrió con incredulidad el pésimo estado en que estaban las finanzas de la empresa, y lo poco que su padre se había dedicado a la misma con su obsesivo dolor por su difunta esposa.

Fue su último viaje de juventud. Durante aquel mes, olvidándose del trabajo y vestido con sus vaqueros más viejos, Constantine navegó por el Mediterráneo dejándose llevar únicamente por el placer de navegar, y así fue como su cuerpo fue relajándose paulatinamente y encontró la paz. Fue un viaje en el que tampoco quiso mujeres, sólo paz y tranquilidad, por lo que se dedicó a leer, a dormir, a nadar, a pescar.

Con el paso de los días, su piel morena se bronceó aún más, y su pelo negro creció hasta darle un aspecto casi de antiguo bucanero. Después salió del Mediterráneo y decidió continuar navegando alrededor de Inglaterra para poder explorar a fondo las costas británicas, algo que siempre había deseado.

Un día echó el ancla en el pequeño puerto de Milmouth y allí encontró un pequeño hotel que parecía sacado directamente de una novela de época. En el jardín, grupos de ancianas tomaban su tradicional té de la tarde y charlaban animadamente hasta que apareció él enfundado en unos viejos vaqueros y una camiseta y se sentó en una de las mesas vacías estirando las piernas delante de él. Varias de las mujeres se volvieron a mirarlo, con los ojos muy abiertos.

Entonces una camarera se acercó a él. La joven no tenía nada de especial, y sin embargo la piel clara y transparente y el juvenil garbo de sus movimientos llamaron su atención y despertaron su deseo. En lo que sí se fijó Constantine fue en sus ojos. Eran unos ojos preciosos, profundos y grises, de un tono que él sólo había visto en el mar enfurecido por las nubes de tormenta. Llevaba semanas sin estar con ninguna mujer, y de repente la deseó con todas sus fuerzas.

–Me temo que no se puede sentar aquí –le dijo ella con una sonrisa al llegar a su lado.

–¿No? –incluso los suaves modales femeninos le resultaban excitantes, así como el tono claro y puro de su acento inglés. Levantó los ojos hacia ella–. ¿Por qué no?

–Porque... porque me temo que no se permite la entrada en vaqueros.

–Pero tengo hambre –murmuró él–. Mucha hambre –repitió mirándola de arriba abajo con una lenta sonrisa–. ¿Qué me sugieres?

Como destinataria de aquella sonrisa, la joven era como mantequilla en sus manos y le sugirió servirle algo de comer en un lugar más discreto, bajo un acogedor bosquecillo en la parte posterior del hotel. Sonriendo, ella le sacó a hurtadillas sándwiches y bollos con mermelada, y cuando terminó de trabajar accedió a cenar con él. La camarera se llamaba Laura, y su nombre le hizo pensar en laureles y guirnaldas de flores recién cortadas. Era una mujer dulce, muy dulce, y hacía mucho tiempo que él no tenía a una mujer en sus brazos.

El resultado de la noche fue predecible, pero la reacción de ella no. Al contrario que las mujeres ricas y sofisticadas con las que él se relacionaba normalmente, ella no jugó con él. Tenía una vulnerabilidad que no temía mostrar.

Pero Constantine siempre huía de toda vulnerabilidad como de la peste, a pesar de que el cuerpo blanco y rosado y los ojos grises lo traían como el canto de una sirena.

A la mañana siguiente ella no quería dejarlo marchar, pero él tenía que continuar. Era Constantine Karantinos, heredero de una de las dinastías más poderosas de toda Grecia, y su destino no era quedarse en los brazos de una camarera de pueblo.

Qué extraños podían ser los recuerdos, pensó Constantine cuando las imágenes del pasado se desvanecieron y volvió a la realidad, donde encontró a la misma camarera, mirándolo intensamente a los ojos y con labios temblorosos, diciéndole que aquella noche había concebido un hijo. Y qué caprichoso podía ser el destino, pensó amargamente, al llevarle de nuevo a aquella mujer a su vida.

Constantine se acercó al bar y se sirvió un vaso de agua, más para darse tiempo a pensar que por sed.

–¿Quieres tomar algo? –preguntó todavía de espaldas a ella.

Laura estaba segura de que si bebía se atragantaría.

–No.

Constantine se bebió el agua y se volvió a mirarla. Ella estaba pálida como la nieve, y algo le llevó a invitarla a sentarse, pero su rabia y su indignación fueron más fuertes que su deseo de cuidar a una mujer que acababa de aparecer en su vida con semejante afirmación.

Un hijo.

–Aquella noche usé protección –afirmo él.

Laura dio un respingo. Qué frías sonaron sus palabras, qué helador su tono de voz. Sin embargo, de nada servía haber imaginado una reacción muy distinta. Ella sabía mejor que nadie que las fantasías nunca se hacían realidad. «Intenta imaginarte en su pellejo», se dijo. Una mujer que apenas conocía volviendo a su vida con probablemente la peor noticia que pudiera imaginarse.

–Es evidente que no surtió el efecto deseado –dijo ella.

–Y ese hijo del que hablas, ¿cuántos años tiene?

–Siete.

Constantine sintió el golpe en el corazón y una punzada en las entrañas que no esperaba. Le dio la espalda y se volvió a mirar hacia los amplios ventanales que daban al parque a oscuras para que la mujer no viera las emociones que cruzaron su rostro. Un hijo. Tras las negras siluetas de los árboles distinguió el fugaz brillo de las estrellas y por un momento recordó las estrellas de su Grecia natal, que brillaban con la fuerza de una linterna. Y de la misma manera se volvió hacia ella, ahora ya con el rostro sin expresión, buscando la verdad en el esplendor grisáceo de los ojos femeninos.

–¿Y por qué no me lo dijiste antes? –quiso saber–. ¿Por qué has esperado siete largos años? ¿Por qué ahora?

Laura abrió la boca para explicarle que lo había intentado, pero él la interrumpió.

–Oh, sí, por supuesto –dijo él con voz melosa–. Por supuesto. Ahora era el momento adecuado, ¿no?

Laura frunció el ceño.

–No sé a qué…

–Has esperado lo bastante para asegurarte de que no puedo ejercer ninguna influencia en él, incluso si el hijo es mío. Con siete años, ya está formado –Constantine dio un paso hacia ella, con gesto amenazante–. Venga, explícate. ¿Has leído los periódicos y has visto que las acciones de mi empresa están por las nubes y que era el momento de dar el paso? ¿Creías que viniéndome con esa información tendrías más fuerza a la hora de negociar?

–¿Negociar? –repitió Laura con incredulidad.

–No sé a qué viene hacerse tanto la ofendida –le espetó él–. Supongo que quieres dinero.

Automáticamente Laura apoyó una mano en el gigantesco sofá, temiendo que le fallaran las rodillas de tanto temblar, pero resuelta a no sentarse. Porque eso la pondría en una situación aún mucho más débil. Sentada tendría que levantar la cabeza para mirarlo. Sin embargo, incluso su protesta salió sin fuerza.

–¿Cómo te atreves a decir eso? –susurró ella.

–¿Para qué si no has venido?

–No tengo que quedarme a escuchar tus insultos.

–Me temo que sí. Tú no vas a ninguna parte hasta que hayamos aclarado todo este asunto –dijo él con voz amenazadora.

«Todo este asunto» era su hijo, pensó Laura, hasta que se dio cuenta de que quizá las irritadas palabras del hombre tuvieran parte de razón. Constantine nunca había ejercido de padre de Alex, nunca había participado en su vida, y quizá nunca lo hiciera. Por un momento, los remordimientos se apoderaron de ella.

–Por el mero hecho de decírmelo me has involucrado, te guste o no –continuó él con los ojos clavados en ella–. ¿No pensaste que todos los actos tienen sus consecuencias?

–¿Crees que no lo sé mejor que nadie? –respondió ella profundamente dolida.

Constantine entrecerró los ojos buscando cualquier posible fallo en las palabras de Laura, tal y como hacía en las negociaciones profesionales.

–¿Por qué no me lo dijiste antes, hace siete años?

Laura seguía con ganas de darse media vuelta y salir corriendo, pero estaba segura de que su cerebro no le obedecería ni tan siquiera para salir andando.

–Lo intenté… –empezó.

Vio la burla en el rostro masculino, pero no dejó que eso la amedrentara.

–Sí, lo intenté –repitió con firmeza–. Intenté localizarte, pero no fue fácil.

–¡Porque para mí no fue más que una relación de una noche! –rugió él sin contener su rabia.

–Entonces no me hables a mí de consecuencias –susurró ella.

Se hizo un silencio. Constantine la observaba con ojos implacables. El pecho femenino jadeaba con dificultad y él la vio luchar para controlar la respiración. Los ojos grises estaban totalmente oscurecidos.

–¿Qué pasó? –insistió él.

Laura respiró profundamente hasta lograr controlar el ritmo de su respiración.

–Al final conseguí averiguar la dirección y el número de teléfono de tu empresa en Atenas.

De hecho se quedó estupefacta al saber que su amante, un griego de vaqueros desgastados y pelo demasiado largo, era alguien importante en una gran naviera internacional.

–Te llamé varias veces, pero nunca me pasaron contigo. Y te escribí, pero evidentemente la carta no te llegó. A lo largo de los años lo he intentado varias veces. Normalmente alrededor del cumpleaños de su hijo, cuando el niño empezaba a hacer preguntas y ella entendía la necesidad del pequeño de conocer a su padre.

–El resultado siempre ha sido el mismo –terminó ella amargamente–. Nunca conseguí que me pusieran en comunicación contigo.

Constantine quedó en silencio unos momentos, recapacitando sobre sus palabras, porque se podía imaginar exactamente lo que había ocurrido. Ninguno de sus empleados hubiera prestado la menor atención a una desconocida joven inglesa que llamaba pidiendo que le pusieran con Constantine, y mucho menos a unas cartas que hablaban de una posible paternidad de su jefe. Constantine podía entender perfectamente por qué sus trabajadores le habían protegido. Probablemente no era la primera vez. Las mujeres siempre le habían perseguido incansablemente, y nadie podía imaginar que aquella mujer inglesa podía decir la verdad.

–¿Tienes una foto? –preguntó él–. ¿Del niño?

Laura asintió y tragó saliva con alivio. ¡Por fin! Pedir una foto de Alex tenía que ser una buena señal. ¿No se daría cuenta de que era su hijo en cuanto lo viera?

–Está… está en mi bolso, abajo, en el vestuario del servicio. ¿Voy a buscarla?

Constantine no deseaba perderla de vista. No quería correr el riesgo de que desapareciera de repente y no volver a verla. Pero, ¿no sería eso lo ideal?, sonó una vocecita en el fondo de su mente, pero Constantine la apartó. Miró a los profundos ojos grises e inexplicablemente se le secó la boca.

–Te acompaño.

–Pero…

Él arqueó las cejas.

–¿Pero qué?

Laura había estado a punto de decir que si la veían por el hotel con uno de los clientes allí hospedados la despedirían, pero lo cierto era que no pensaba volver a pisar el Granchester.

–Habrá rumores si te ven acompañando una de las camareras al vestuario de servicio –dijo ella.

–Que los haya –le espetó él–. Creo que ya es un poco tarde para preocuparte de los rumores después de meterte como lo has hecho en mi suite –Constantine abrió la puerta y salió de la suite, dejando que Laura le siguiera mientras él hablaba en griego a los dos guardaespaldas.

Poco después estaban bajando en el ascensor, que de repente parecía haberse encogido. Laura era totalmente consciente de la cercanía masculina y de cómo el cuerpo alto y musculoso parecía dominar todo el espacio. Estaban tan cerca que podía ver el brillo dorado de la piel bronceada y respirar el olor de su cuerpo, tan intensamente suyo.

Y Constantine pareció leer sus pensamientos. O mejor dicho vio la rapidez de su respiración, el pulso que latía fuertemente bajo la fina piel de la sien. ¿Ella lo deseaba, como tantas mujeres? ¿Y a qué debía achacar la reacción de su cuerpo y el fuego en las entrañas, a la ira que sentía? ¿O también era producto de su rabia el deseo de separarle las piernas, alzarla contra él y perderse en su cuerpo? ¿Qué tenía aquella mujer tan normal y corriente para provocarle un torrente de deseo tan abrasador?

El ascensor se detuvo y la puerta se abrió dando paso a un nivel subterráneo del hotel que él ni siquiera sabía que existía. Laura le llevó por un laberinto de pasillos hasta que llegaron al vestuario femenino.

–Espera aquí –dijo ella sin aliento.

Pero él alargó el brazo y le alzó la barbilla con la punta de los dedos. La sintió temblar, pero le buscó los ojos con su implacable mirada.

–No huyas, por favor –murmuró en un tono que era una velada amenaza.

Laura sabía que, tras las acusaciones que le había hecho él, debía sentirse repelida por el contacto, pero no fue así. Muy a su pesar, le recordó lo que era sentir las caricias de un hombre, y sobre todo las de aquel hombre en particular.

Con esfuerzo apartó la cabeza.

–No pensaba hacerlo.

–Date prisa –ordenó él, deseándola aún más, porque había visto el repentino ensombrecimiento de los ojos femeninos y sentido el deseo de su cuerpo por él.

Laura asintió.

–No puedo seguir con este uniforme –observó ella–. Será mejor que me cambie. Sólo tardaré un par de minutos.

–Esperaré –refunfuñó él.

Pero las palabras femeninas habían desencadenado una serie de recuerdos increíblemente explícitos y potentes: Imágenes de la joven mujer quitándose la ropa ante él sin ningún tipo de vergüenza ni recato, y la naturalidad con que lo tomó en su cuerpo y jadeó de placer bajo él.

Dentro del vestuario Laura se quitó el uniforme y, después de dejarlo doblado junto a una de las cestas de la colada, se puso los vaqueros, la camiseta y un jersey. Después, con el bolso y el anorak colgados del brazo, salió afuera donde Constantine estaba exactamente en el mismo lugar quieto como una estatua.

Bajo la luz del pasillo, Laura empezó a buscar en el

bolso hasta que sacó una fotografía de Alex tomada en el colegio hacía sólo unos meses, y se la entregó.

Él la miró en silencio durante un largo momento. Los ojos negros y la piel bronceada. Los rizos morenos que parecían tan indomables como los suyos habían sido a su edad. Constantine estudió la imagen con detenimiento. El niño sonreía, sí, pero era una sonrisa cauta, incierta, y Constantine sintió la repentina necesidad de protegerlo. Pero a esto se unía un instintivo rechazo, como si la parte lógica de su mente se negara a aceptar que de repente era padre. Por eso sacudió la cabeza de un lado a otro.

–¡Es idéntico a ti! –protestó Laura, esperando que dijera algo, lo que fuera, para romper el tenso y horrible silencio en que se había sumido.

Un estremecimiento le erizó la piel. Constantine casi nunca había tenido aquella sensación de perder el control, al menos desde que la muerte de su madre y el posterior derrumbamiento de su padre le hicieran llegar a la conclusión de que el amor podía ser la ruina de un hombre.

–¿Tú crees?

–Claro que sí.

–Esto no demuestra nada –respondió él metiéndole la fotografía en la mano–. ¿Quién me dice que no es un timo?

Laura se balanceó levemente, incapaz de creer que él la pensara tan fría y calculadora. Tan manipuladora, tan fácil con los hombres.

Pero, ¿por qué no iba a pensarlo? Se había acostado con él sin apenas conocerlo. Y ahora, cuanto más lo conocía, más empezaba a detestarlo. ¿Acaso había olvidado que ella se entregó a él incapaz de resistirse al potente atractivo sexual que él ejercía?

–Pero… tú sabías que yo era virgen –le recordó ella.

Él se encogió de hombros, como si sus palabras no significaran nada, pero para un hombre tan tradicional como él la virginidad de una mujer era muy importante. Se obligó a recordar su incredulidad al ver a una joven entregar su virginidad a un hombre que apenas conocía y que no volvería a ver. ¿O el ingenuo había sido él? ¿Y si su dulce inocencia y supuesta ignorancia de su riqueza y de su fortuna habían sido una farsa? Porque ella podía haber investigado sobre él al ver el yate y decidido aprovechar su estancia para perder su inocencia con un desconocido.

Constantine llevaba toda la vida rodeado de personas que querían algo de él, y quizá aquella mujer no fuera diferente.

–Tú me dijiste que eras virgen, pero eso no lo hace necesariamente verdad. Y, sí, sé que dejaste escapar un gritito cuando te penetré por primera vez –añadió brutalmente antes de añadir, más cruelmente todavía–: pero las mujeres siempre hacen lo mismo. Quizá tenga que ver con mi tamaño, o con mi técnica –se encogió de hombros y le acarició el labio con los dedos–. Quizá pensaste que hacerte pasar por virgen te garantizaría el futuro gracias a un hombre al que no ibas a volver a ver. O que si te creía virgen, quizá decidiera hacer algo contigo, y no sólo mantener una noche de sexo pasajero.

Laura sentía náuseas. Todos sus recuerdos del pasado acababan de ser pisoteados con saña.

–Bueno, si eso es lo que crees –dijo ella metiendo la foto de nuevo en la cartera con dedos temblorosos–, entonces no hay nada más que decir.

Pero Constantine se acercó a ella, tanto que podía sentir su calor corporal, y Laura odió la idea que pasó por su mente sin aviso. Aquél era el hombre que había depositado una semilla en su cuerpo, la semilla del hijo que creció en su seno. La imagen era tan abrumadora que la hizo estremecer. Tragó saliva, porque ahora él estaba bajando la cabeza hacia ella y atrapándola en el intenso fuego ébano de sus ojos.

¿No iría a…?

Sí, eso era lo que iba a hacer.

Constantine la apretó contra él, pegando la diminuta figura a la suya, y la envolvió en sus poderosos brazos. Laura sintió el potente y firme calor de su cuerpo al pegarse al de ella, y supo que debía protestar, pero no pudo hacerlo, de la misma manera que la Tierra no podía dejar de dar vueltas alrededor del Sol.

Constantine le atrapó la boca con la suya, y aunque Laura no tenía experiencia con los hombres, notó la rabia que había en el beso. Sin embargo, no pudo evitar reaccionar, ni que su cuerpo ardiera de deseo por él.

«Me desprecia», fue su último pensamiento razonable antes de que él le acariciara con la boca y le hiciera separar voluntariamente los labios.

Constantine la sujetaba con las manos por las caderas, y ella apoyaba la suya sobre el pecho musculoso, bajo el que latía rápidamente su corazón. Laura dejó escapar un gemido de incredulidad, sin entender cómo podía reaccionar con tanta pasión a un hombre que la despreciaba tanto.

El sonido pareció sorprenderlo, porque con la misma rapidez que la había tomado en sus brazos la soltó, y ella tuvo que apoyarse en la pared para mantener el equilibrio.

–¿A qué ha venido esto? –preguntó ella entre jadeos.

Eso mismo pensó él. Con un esfuerzo, Constantine controló sus jadeos y la miró, sacudiendo la cabeza como si quisiera negar la intensidad del beso. Era sólo deseo, un deseo potente que no respetaba circunstancias ni condiciones.

Él la miró desde su altura. El corazón le latía tan fuerte y su entrepierna estaba tan dura que apenas podía pensar con claridad.

—Tendrás que hacerle una prueba de paternidad.

Laura abrió desmesuradamente los ojos.

—Pero… pero…

—¿Pero qué? —la interrumpió él burlón—. ¿De verdad crees que iba a reconocer al niño como mi heredero y darle acceso a la fortuna de mi familia, una de las mayores fortunas del mundo, solamente porque tú lo digas y porque el niño se parece un poco a mí?

—Pero es…

—Sí, por su aspecto puede ser griego —terminó él—, pero ¿cómo sé que no eres una de esas mujeres que siente cierta debilidad por los griegos? Creo que acabas de demostrarlo claramente.

Laura se apoyó contra la pared y lo miró con incredulidad. ¿Para eso la había besado, para demostrarle que era una mujer fácil y después pedirle una prueba de que Alex era su hijo?

—¡Eres… eres un cerdo! —le espetó.

Constantine pensó que las mujeres no parecían tener mucha imaginación a la hora de ponerse a insultar a un hombre, pero en el fondo sentía un dolor en el alma que ni siquiera podía entender.

—Ten cuidado con lo que dices —le advirtió él—. Si las pruebas demuestran que el hijo es mío, yo cumpliré con mis responsabilidades, pero primero vas a tener que demostrarlo.

Capítulo 4

CÓMO que quiere una prueba de ADN?
Laura miró a su hermana, tratando de salir de la
extraña sensación de cansancio que parecía envolverla como una pesada y densa nube. Después de dejar la gran fiesta de la noche anterior en el lujoso hotel Granchester, había pasado unas horas en un pequeño hotel londinense antes de tomar el primer tren de vuelta a Milmouth, pero apenas había logrado conciliar el sueño. Lo único positivo era que había llegado justo a tiempo para llevar a Alex al colegio, pero ahora estaba de nuevo en la panadería con su hermana Sarah.

–Está bastante claro, ¿no? Quiere pruebas de que Alex es su hijo.

–¿Le enseñaste en la foto?

–Claro que se la enseñé.

–¿Y?

Laura permaneció un momento en silencio tratando de pensar la mejor manera de explicar lo sucedido, sin querer repetir las hirientes palabras de Constantine.

–Dijo que aunque Alex parece griego, no podía arriesgarse a reconocer un heredero a una fortuna como la suya sin pruebas.

–¡Qué cerdo!

A pesar de que la noche anterior le había dicho exactamente lo mismo, Laura se vio ahora en la extraña posición de defenderlo.

–Es comprensible –dijo ella con cuidado–. No sabe que es el único posible candidato a ser el padre de Alex, ¿no?

–¿No se lo dijiste?

–No. E incluso si se lo hubiera dicho, probablemente no me habría creído. Tampoco tenía ningún motivo para hacerlo.

Sarah frunció el ceño.

–Laura, no puedo creerlo. No lo estarás defendiendo, ¿verdad?

–Claro que no –replicó Laura.

Pero la verdad era bastante más compleja. Laura entendía la postura de Constantine, aunque le dolía profundamente que la creyera capaz de tener relaciones con muchos hombres y buscar la paternidad del candidato más rico. Aunque tal y como se comportó el día que lo conoció, un comportamiento totalmente impropio de ella, Constantine tenía todo el derecho a pensarlo.

–¿Quién le asegura que no hay un largo historial de amantes griegos en mi vida? –dijo a su hermana parpadeando furiosamente para detener las lágrimas que amenazaban con aflorar.

–Sí, y todos trayendo sus yates a Milmouth –replicó Sarah con sarcasmo–. No sabía que nuestro pueblo estaba hermanado con Atenas.

–Muy graciosa –dijo Laura poniéndose el delantal.

Pero al menos los ácidos comentarios de Sarah la ayudaron a concentrarse, y a la hora de comer se metió en Internet buscando información sobre pruebas de ADN. Allí estuvo hasta estar segura de conocer todos los detalles, y hasta que el timbre de su móvil la interrumpió. Sólo lo utilizaba para emergencias, y el número lo tenía muy poca gente, pero no reconoció el número que había en la pantalla.

Pero la voz sí. Inmediatamente.

–¿Laura?

Brevemente cerró los ojos. Lejos de la mirada implacable de sus ojos, era muy fácil dejarse envolver por la sensual voz de Constantine, que se metía en sus sentidos y le susurraba sobre la piel de gallina, recordándole cómo podía hacerle sentir uno de sus besos.

Avergonzada por el rumbo que estaban tomando sus pensamientos, sobre todo ahora que le obligaba a Alex a hacerse una prueba de ADN, Laura se sentó muy recta y miró a la pantalla del ordenador.

–Hola, Constantine.

–Veo que reconoces mi voz –comentó él con su voz grave y sensual.

–Por extraño que pueda parecer, no hay docenas de hombres griegos llamándome por teléfono.

Constantine detectó cierto sarcasmo en su voz y frunció el ceño. ¿Cómo se atrevía a ser sarcástica con él?

–¿Sabes por qué llamo?

–Sí.

–¿Estás de acuerdo con las pruebas de ADN?

Laura sujetó con fuerza el teléfono. ¿Qué otra opción tenía?

–Supongo.

–Bien –dijo Constantine. Se apoyó en el respaldo del elegante sillón de cuero y contempló la silueta de Londres que se abría ante sus ojos–. Me he informado y se podría hacer en las oficinas de mi abogado aquí en Londres, o si lo prefieres él puede organizarlo para hacerlo más cerca de tu casa, si te va mejor.

Al oír la voz sedosa y persuasiva, Laura se alegró de haberse informado ella por su parte, y de no tener que ponerse en manos de Constantine.

–No pienso utilizar el bufete de un abogado –dijo ella sin alzar la voz.

Al otro lado se hizo un silencio.

–¿Por qué no?

–Porque creo que hacerlo puede tener una serie de implicaciones legales que prefiero evitar –dijo ella–. Esta prueba de paternidad se va a hacer para satisfacer tus exigencias. No es una petición de custodia. Así que mi intención es hacer la prueba en mi casa, con el único fin de establecer la verdad.

Al otro lado se hizo otro silencio, más largo y tenso esta vez. Constantine no esperaba que ella se opusiera a sus deseos. Más aún, estaba convencido de que Laura aceptaría sus indicaciones sin rechistar. Porque era lo que hacía todo el mundo: obedecer sus órdenes sin más. ¿Quién se creía que era aquella mosquita muerta para oponerse a sus decisiones?

–¿Y si me opongo? –le desafío él bajando la voz.

–¡No estás en situación de oponerte a nada! –le espetó ella, negándose a dejarse intimidar–. Tú eres el que quiere la maldita prueba, el que me va a obligar a extraer una muestra de la boca de mi hijo. ¿Cómo quieres que se lo explique a un niño de siete años?

–¿No lo pensaste antes de venir a mí? –preguntó él furioso.

La horrible verdad era que Laura no había meditado bien todas las repercusiones de sus actos y que se había dejado llevar por sentimientos demasiado primitivos que escapaban a toda lógica. Entre otras cosas, tuvo una profunda sensación de injusticia al pensar que Constantine iba a formar una familia con otra mujer sin saber que tenía un hijo al que no conocía. Y sobre todo creyó, como si de un cuento de hadas se tratara, que Constantine reconocería a su hijo y se sentiría orgulloso de él.

«Y también a ti, ¿no?», dijo la voz de su conciencia. «Estabas incomprensiblemente celosa de la mujer con la que pensabas que iba a compartir su vida, a pesar de que no tenías ningún derecho a estarlo. Y tu decisión contribuyó a que la modelo saliera de la suite del hotel con cajas destempladas, ¿o no?».

–¿O pensaste que te iba a responder con una sonrisa de oreja a oreja y después firmarte un suculento cheque?

Laura había estado a punto de reconocer que no había meditado bien las consecuencias de sus actos, pero el odioso comentario la hizo callarse. Qué cruel podía ser.

–Yo… yo realizaré la prueba –dijo ella temblando.

Constantine oyó el ligero temblor en su voz, y frunció el ceño muy a su pesar. Recordó la foto del niño con los rizos morenos y la desconfianza que se veía en el fondo de sus ojos negros, y se preguntó si sería adecuado someter al niño a una prueba que le iba a resultar bastante incomprensible. Por otro lado, si Laura mintiera no se habría atrevido a mantener la farsa durante tanto tiempo. Y lo más importante aún, la certeza que había tratado de apartar de su mente desde que vio la foto del niño por primera vez. Aquel niño era su hijo.

–Olvida la prueba –dijo de repente.

– ¿Que… que la olvide? ¿Por qué?

–He cambiado de idea –respondió él.

Laura entreabrió los labios, con miedo a creer lo que estaba oyendo. Constantine le estaba diciendo generosamente que la prueba era innecesaria a pesar de haber sido él quien insistió en hacerla. Él era quien tenía todo el poder, pensó amargamente, y ella no estaba segura de cuáles podrían ser sus motivos.

–Pero dijiste que necesitabas tener una prueba.

–Ya no la necesito. Te creo –dijo él.

–¿Crees que Alex es tu hijo?

–Sí.

Se hizo un largo silencio al otro lado de la línea telefónica durante el que Constantine reconoció el poder de una simple palabra que iba a cambiar su vida, le gustara o no.

–Sí, creo que es mi hijo –repitió, como si decirlo con todas las palabras reforzara su convencimiento.

Porque lo cierto era que lo supo en el momento en que miró la foto y vio los rizos desobedientes del pequeño, y quizá incluso antes. Porque fue lo que le dijo su instinto, un instinto que entonces no había entendido y que probablemente no entendería nunca.

–¿Pero por qué? –preguntó ella confusa–. ¿Por qué lo crees ahora, después de todo lo que me dijiste? ¿Después de todas las acusaciones que me hiciste?

Constantine cerró la mano en un puño y se la quedó mirando. Todo lo que le había dicho tenía una causa: que no quería creerla. Al principio se había negado a aceptar las posibles consecuencias de sus palabras. Pero de repente se dio cuenta de que aquella noticia también podía tener su parte positiva, y precisamente en aquel momento de su vida. En su mente había empezado a formarse una solución, una solución perfecta, y lo único que necesitaba era convencer a Laura de que le siguiera la corriente.

La determinación que le había llevado a reconstruir una de las empresas más importantes de su Grecia natal emergía ahora de forma diferente. Una forma que podía ayudarlo a solucionar una vida privada que de repente se había hecho muy complicada. Constantine apretó los labios, y también sintió la tensión en la entrepierna al recordar el beso de la noche anterior en el pasillo de servicio del hotel.

¡Claro que ella le seguiría la corriente! Laura no era precisamente la clase de mujer dispuesta a perder una oportunidad de oro como aquélla.

Por un momento se sintió tentado a plantear su propuesta allí mismo, hasta que recordó que ella podía ser muy testaruda. Mejor decírselo cara a cara, y poder utilizar su cuerpo y sus labios si sus palabras no lograban convencerla.

—Tu cooperación me ha convencido de que dices la verdad —continuó él en tono suave—. Una mujer como tú no se enfrentaría a un adversario como yo si lo que dices fuera mentira.

El inesperado comentario hizo parpadear Laura.

—Bueno, gracias —dijo tras un momento de incertidumbre, aunque más tarde, al meditar sobre ello se dio cuenta de que se le había escapado la mordacidad de sus palabras.

Constantine sabía que aquél era el mejor momento, cuando ella se sentía vulnerable y agradecida.

—Tenemos que hablar de la forma de seguir adelante —continuó él—. Es evidente que si soy el padre del niño, se nos plantean un montón de posibilidades para el futuro.

Laura sintió una mezcla de esperanza y temor. No quiso preguntarle a qué se refería por temor a sonar codiciosa o aprovechada, pero estaba alerta. El repentino cambio masculino, el paso de la ira y las acusaciones a una actitud más razonable y acomodaticia le resultaba inquietante, y ella se sentía como un perro hambriento a punto de lanzarse sobre un jugoso trozo de carne sólo para descubrir que era un palo seco.

—¿Como qué? —preguntó con cautela.

—No creo que debamos tener este tipo de conversación por teléfono —dijo él, y en tono más grave añadió–. ¿Por qué no quedamos en algún sitio y hablamos como dos adultos razonables?

Por muchas veces que tragara saliva, Laura era incapaz de quitarse la sequedad de la garganta. ¿Por qué tenía la sensación de que la estaban llevando hacia una trampa, como si Constantine Karantinos la llevara por un atractivo sendero hacia un destino peligroso y desconocido? Echó un vistazo al reloj. Hacía diez minutos que tenía que estar en la panadería, y Sarah se pondría furiosa si tardaba mucho más.

–Está bien –dijo por fin–. ¿Dónde y cuándo?

–Lo antes posible –repuso él–. Mañana por la noche, por ejemplo. Puedo ir a tu casa…

–¡No! –exclamó ella–. Aquí no. Todavía no. No quiero rumores.

–¿Por qué iba a haber rumores?

Laura miró por la ventana hacia la calle principal, desde donde se veía el lejano brillo del mar. ¿Es que no podía imaginarse todas las habladurías que habían corrido por aquel pequeño pueblo costero sobre la paternidad de Alex? Aunque su noche con Constantine había sido totalmente clandestina y nadie se enteró de ella, el embarazo resultó un escándalo. De haber seguido con vida su madre, probablemente las cosas habrían sido diferentes, ya que ella la habría apoyado y la habría ayudado a enfrentarse al resto del mundo.

Sin embargo, Laura estuvo completamente sola en aquel difícil trance, y tampoco quiso cargar a su hermana pequeña con sus temores sobre el futuro. Desde que se le empezó a notar la barriga hasta que trajo al bebé del hospital se mostró orgullosa e incluso desafiante ante todos los que la miraban con expresión acusadora.

Alex era tan mono y Laura se mantuvo tan callada

sobre su paternidad, que con el tiempo la gente dejó de preguntarle por la identidad del padre, incluso si seguían pensándolo para sus adentros.

Pero, ¿qué pensarían si un hombre tan impresionante como Constantine apareciera de repente en Milmouth? Sus cabellos negros y rizados y su piel bronceada eran exactamente las mismas características que distinguían a su hijo del resto de los alumnos del colegio. La gente no tardaría en hablar, e incluso existía la posibilidad de que Alex se enterara.

—Rumores —dijo ella sin dar más explicaciones—. Y no quiero que mi hijo oiga especulaciones sobre nada.

Constantine frunció el ceño.

—¿Entonces dónde? ¿En Londres?

—Para mí no es fácil ir a Londres.

—Te mandaré un coche.

Qué fácil era resolver los problemas prácticos cuando se tenía dinero, pensó ella. Pero la limusina de un multimillonario griego tampoco pasaría desapercibida para los habitantes de Milmouth.

—No, no hace falta, de verdad —dijo ella—. Podemos vernos en Colinwood. Es la ciudad más cercana.

La puerta del despacho de Constantine se abrió y su secretaria asomó la cabeza. Él le hizo un gesto con la cabeza para que se retirara y le dejara solo.

—¿Hay algún buen restaurante?

Laura quedó pensativa un momento.

—Hay un hotel llamado Grapevine que dicen que tiene un buen restaurante. Pero yo no cenaré, porque me gusta merendar con... con mi hijo. Estaré en la cafetería a las nueve.

—Muy bien —dijo él, y colgó el teléfono, un tanto perplejo al ver que ella no había aceptado su proposición, como normalmente le ocurría con todas las mujeres.

Laura siguió sentada en silencio unos minutos después de colgar y después corrió a la tienda a dar la noticia a su hermana, antes de que ésta le regañara por retrasarse tanto.

–He quedado con él mañana por la noche. Y ya no quiere la prueba de ADN.

Sarah se detuvo y la miró.

–¿Por qué?

Laura sacudió la cabeza, y una terrible combinación de miedo y excitación la recorrió por todo el cuerpo.

–No lo sé –susurró–. No lo sé.

Capítulo 5

ANTES de la reunión con Constantine, Laura trató de continuar con su rutina habitual, pero por dentro era un manojo de nervios y miedos mezclado con una fuerte sensación de excitación. Qué consciente era de que iba a volver a verlo, de que quería volver a verlo.

Incluso la elección de la ropa resultó ser un dolor de cabeza. No estaba acostumbrada a salir con hombres y no tenía ni idea de qué ponerse. Y además, aquello no era una cita, se recordó. Sabía que sería mejor no arreglarse demasiado, para no dar la impresión de que estaba esperando algo, pero Constantine sólo la había visto con el uniforme de camarera, o desnuda, y ella tenía su orgullo. No quería que la mirara y se preguntara qué demonios había visto en ella.

Por eso, al día siguiente, después de meter a Alex en la cama corrió a ducharse y cambiarse. Era una tarde calurosa y la única prenda que tenía decente era un vestido estampado que quedaba bastante bien con unas sandalias de tacón. Se puso unas perlas que habían pertenecido a su madre y fue al salón a buscar la opinión de su hermana.

–¿Vas a ir sin maquillarte? –preguntó Sarah mirándola de arriba abajo.

–¡Ya me he maquillado! –protestó Laura.

–Pues casi ni se te nota. Así no creo que puedas dejarlo muy impresionado.

–Ésa no es mi intención –dijo Laura echándose el bolso al hombro–. Bueno, te veo luego –añadió con una nerviosa sonrisa–. Y gracias por quedarte con Alex.

–Tranquila. Llámame si necesitas que te rescate.

–¿Y cómo ibas a rescatarme? –preguntó Laura curvando los labios en una irónica sonrisa–. ¿Mandando a la caballería?

Para ir a Colinwood Laura tomó el autobús, pero esta vez no disfrutó del paisaje de espectaculares acantilados de la costa ni de los verdes prados del interior. Al llegar a la plaza principal de la ciudad, empezó a sentir gotas de sudor en las manos y en la frente.

El Grapevine estaba bastante lleno, principalmente de jóvenes profesionales y parejas, a las que no pudo evitar mirar con envidia. Se preguntó cómo sería hacer las cosas en orden, es decir primero enamorarse, después prometerse, y después casarse y tener hijos. Intentó imaginarse la alegría compartida del primer hijo, el momento de presentarlo juntos y orgullosos a parientes y amigos. No como ella, con un embarazo no planeado y un hijo de corta edad que nunca había visto a su padre.

Vio a Constantine inmediatamente, en una de las mejores mesas del restaurante, en un tranquilo rincón desde el que se tenía una envidiable panorámica de los espectaculares jardines. Una camarera revoloteaba a su alrededor, dejándole un plato de aceitunas delante, sonriéndole con más profesionalidad de la necesaria y alisándose el delantal como si quisiera atraer su atención.

«Por favor, dame fuerzas para no dejarme avasallar

por él», rezó Laura para sus adentros dirigiéndose hacia él, tratando de adoptar una expresión neutra.

Constantine la observaba con cierto distanciamiento. Aquella noche Laura llevaba el pelo largo y rizado suelto sobre los hombros, y un vestido de verano estampado que caía sobre su cuerpo joven y firme. Las sandalias de tacón alto resaltaban la belleza de las piernas, unas piernas maravillosas, pensó de repente él, como si recordara por qué aquella joven logró cautivarlo años atrás. Y enseguida se arrepintió de ello.

—Hola, Constantine.

Éste debía haberse levantado para saludarla, pero los pantalones se le ceñían tanto en la entrepierna que no se atrevió a moverse y tuvo que recordarse que estaban allí para hablar de un niño, nada más.

—Siéntate —le dijo.

—Gracias.

Laura se sentó en el borde de la silla, con las manos pegajosas de nervios y sudor y el corazón latiéndole desaforadamente. Hacía un calor espantoso, y cuando Constantine le ofreció una copa de vino, ella aceptó automáticamente, a pesar de que había decidido que sería mejor no tomar nada de alcohol. Bebió un trago.

—¿Llevas… llevas esperando mucho rato?

Constantine se echó hacia atrás, tomándose su tiempo para estudiarla, fijándose en la tensión de su cuerpo, y se dio cuenta de que la situación no iba a ser fácil.

—No, acabo de llegar —dijo él—. Bueno, dejemos los prolegómenos y vayamos al grano. ¿Ya se lo has dicho al chico?

Laura negó con la cabeza, deseando que dejara de mirarla así. Como si la estuviera desnudando por completo con los ojos.

–No.

Constantine se inclinó levemente hacia ella.

–¿Te das cuenta de que ni siquiera sé cómo se llama?

Parecía una acusación, y quizá lo fuera, pero era la primera vez que lo preguntaba.

–Alex, diminutivo de Alexander –respondió ella.

Se hizo un momento de silencio y por fin Constantine dejó escapar un largo suspiro. Era un hombre que significaba guerrero en griego, un nombre orgulloso que llevaba con él todo el peso y el honor de sus antepasados.

–Un nombre griego –comentó.

–Sí, me pareció apropiado.

Una oleada de lo que podía ser impotencia lo recorrió de arriba abajo. Porque poner nombre al niño lo hacía mucho más real que ver la fotografía. Poco a poco, iba emergiendo una persona de los pocos detalles que le está mandando, una persona de la que no sabía absolutamente nada.

–En una situación que era totalmente inapropiada –observó él con mordacidad–. ¿Qué más creíste que era apropiado? –preguntó con sorna.

Laura retrocedió mentalmente de la ira que manaba del potente cuerpo masculino, y dejó la copa de vino en la mesa, temiendo que si continuaba con ella en la mano se le caería de los dedos.

–No podemos seguir tratando de decidir quién fue el responsable. Lo que pasó pasó, y no podemos cambiarlo. Tenemos que enfrentarnos a la situación tal y como es.

–¿Y cómo es la situación? –preguntó él–. Ah, sí. La situación es que una mujer que apenas tiene para vivir se ocupa sola de mi hijo y heredero, ¿no? ¿No crees que ya es hora de que yo empiece a participar también en su vida, Laura?

–Claro que… claro que lo es. Por eso estoy aquí –Laura lo miró retorciendo nerviosamente los dedos–. Si quieres podemos concertar una primera reunión para que lo conozcas.

–Sí, es una buena idea, así me dedicáis un rato como si fuera una visita al dentista –dijo él–. ¿Quieres que me presente el sábado por la tarde para llevármelo a comer una hamburguesa mientras él cuenta los minutos que le quedan de estar con ese desconocido?

Laura se mordió el labio.

–No me refería a eso.

–¿No? ¿Entonces a qué te referías? – Constantine le clavó los ojos negros con fuerza–. ¿Qué tipo de futuro habías imaginado cuando te pusiste en contacto conmigo?

Laura sintió toda la fuerza de su dominación, y bajó los ojos.

–No lo sé –reconoció con desesperación.

Constantine apretó los labios.

–Pues yo sí. Lo he pensado mucho y he sopesado todas las posibilidades.

También había hablado con sus abogados, pero quizá no era el momento de contárselo. Bajó la voz y habló como lo hacía cuando estaba a punto de cerrar un negocio importante.

–Y hay una solución que es la más lógica para todas las partes implicadas –continuó tras una pausa–. Por eso quiero que vengas conmigo a la isla donde vivo en Grecia, Laura, y que ocupes el único lugar que es apropiado para la madre de mi hijo –Constantine hizo una pausa y la observó con un frío destello en los ojos negros–. Como mi esposa.

Capítulo 6

LAURA se lo quedó mirando incapaz de dar crédito a lo que acababa de oír.

–¿Como tu esposa? –repitió con incredulidad–. ¿Por qué demonios iba a querer yo casarme contigo?

–Lo que tú quieras no tiene nada que ver –repuso él, infinitamente ofendido ante su reacción–. Di mejor lo que necesitas. Para empezar, necesitas dinero.

–Tengo mi trabajo –le recordó ella.

–¡No eres más que una camarera que además trabaja en una maldita panadería de pueblo! –le espetó él.

–¿Cómo lo sabes? –preguntó ella.

Constantine torció el labio. ¡Qué ingenua era!

–No ha sido muy difícil. Tengo gente que se ocupa de esas cosas.

Laura tragó saliva.

–¿Estás diciendo que me has estado espiando?

Constantine restó importancia a la pregunta con un ademán, y deseó que fuera tan fácil borrar el recuerdo de las fotos que el detective privado le había entregado: Laura llevando al niño al colegio con ropas demasiado pequeñas para él, por no mencionar el destartalado apartamento encima de la ridícula panadería donde vivían.

Pero era más que eso. Porque pensó que quizá aquella camarera tímida y temblorosa fuera la esposa ideal. Pobre y desesperada, ¿no quedaría deslumbrada por su poder y su fortuna para que él pudiera modelarla y convertirla en la esposa perfecta? Además, por supuesto, debía añadir el hecho inexplicable de que no había podido dejar de pensar en el beso robado en el sótano del hotel... El solo recuerdo despertaba en él el deseo de repetirlo. Era estúpido, era inexplicable, y era de lo más potente...

–No te pongas histérica, Laura –le espetó él–. Cuando una mujer se acerca a un hombre de mi posición con una noticia como la tuya, lo normal es investigarla. ¿Quién me dice que no tenías en casa un hombre esperando a ver cuánta pasta me sacabas?

–Eres un cínico –jadeó ella.

–O un realista –le corrigió él–. Venga, no te hagas la ofendida, cariño. Conozco perfectamente el poder corruptor del dinero, y he visto lo que la gente es capaz de hacer por conseguirlo.

Laura continuaba mirándolo sin entender. ¿Su esposa? ¿De verdad acababa de pedirle que fuera su esposa?

–Pero creía que ibas a casarte con esa mujer...

–¿Qué mujer?

Laura deseó no haber empezado aquella conversación.

–La modelo sueca –musitó.

–¿De dónde has sacado eso?

–Lo oí en la radio –reconoció ella, y al ver la expresión que cruzó el rostro masculino deseó no haber dicho nada.

–No deberías creer todo lo que oyes en los medios de comunicación –le espetó él–. Pero al menos eso explica por qué apareciste el otro día como caída del cielo. En realidad la prensa lleva años queriendo casarme, pero yo decidiré cuándo y con quién, no los periodistas.

Laura lo miraba sin comprender nada.

–Pero no entiendo cómo, después de todo lo que me has dicho, quieres casarte conmigo.

–¿No lo entiendes? Piénsalo. El matrimonio siempre ha estado en la lista de las cosas que debería hacer en algún momento, pero sin considerarlo nada urgente. Hasta ahora –un destello brilló en los ojos negros–. Soy dueño de una gran fortuna, Laura –continuó explicándole sin levantar la voz–, y mi padre es mayor y está muy delicado. Su mayor deseo es que le dé un heredero, y ésta podría ser una manera sorprendentemente fácil de conseguir ambos objetivos.

Laura sacudió la cabeza.

–Pero… eso es tan… inhumano.

–¿Tú crees? –Constantine soltó una cínica carcajada–. Afortunadamente, yo no me creo ese rollo del comieron perdices y vivieron felices –de hecho, él sabía mejor que nadie que la realidad nunca alcanzaba el nivel de los sueños, y que las emociones hacían a los hombres menos sensatos y razonables. Bajó la voz–. ¿Por qué no mirarlo por el lado práctico? El matrimonio servirá para legitimizar a mi hijo y a ti te dará la seguridad económica que necesitas.

Pero también le daría a él todo el poder sobre ella, pensó Laura. Y cuando lo tuviera, ¿no se vería tentado a utilizarlo contra ella e ir dejándola a un lado hasta dominar la vida de Alex, algo que ella sospechaba podría hacer fácilmente? Todo por lo que había luchado y por lo que había trabajado se podía ver amenazado por aquel hombre de innegable fortuna y carisma.

–¡No! ¡No, no, y no! –respondió ella tratando de contener su rabia.

Sujetando el bolso, se puso de pie, y sin otra palabra salió del restaurante, totalmente ajena al murmullo de voces y a los ojos curiosos que la observaban dirigirse hacia la puerta.

En el exterior apenas iluminado por la luz del anochecer, el aire era tan pegajoso como dentro, y el embriagador olor de las rosas casi tan potente. Laura pensó que debería quitarse los zapatos y echar a correr hasta la parada del autobús para huir de él, pero entonces una mano la sujetó por el brazo. Constantine la obligó a volverse.

La miró furioso, con una expresión casi desencajada. Ninguna mujer le había rechazado de aquella manera. Y desde luego ninguna mujer le había dejado plantado.

–No vuelvas a dejarme plantado así –masculló él.

–Soy libre y puedo hacer lo que me dé la gana.

–¿Ah, sí? –él apretó los labios y esbozó una sonrisa–. En ese caso, yo también.

Y sin más aviso, la pegó contra él. Tanto que Laura podía notar cada nervio de su cuerpo. Quiso resistirse, de la misma manera que se estaba resistiendo a su exigencia de casarse con él, pero por lo visto su cuerpo no pensaba lo mismo. Horrorizada, se dio cuenta de que lo único que quería era pegarse más a él. Por completo.

Dejó escapar un gemido, un gemido que sonó como señal de rendición incondicional.

En la penumbra, Constantine le alzó la cara.

–Me deseas, Laura, tanto como yo te deseo a ti. No me preguntes por qué, pero es así –masculló él antes de apoderarse de su boca.

Laura quería protestar, pero en lugar de ello abrió los labios y se entregó a él. Sujetándose a los hombros masculinos, no sabía muy bien qué era lo que avivaba su deseo, si la rabia o la frustración. Aunque quizá fuera algo mucho más peligroso: el grito irreprimible de su corazón por un hombre que nunca le daría acceso al suyo.

–Oh –jadeó al sentir la mano masculina desplazarse con íntima libertad sobre una de sus nalgas y pegarla a él.

–¡Dios! –exclamó él en respuesta.

Embargado por un deseo que jamás había sentido tan intensamente, Constantine la llevó hacia un lateral oscuro del edificio y continuó besándola como si le fuera la vida en ello.

Los dedos que le acariciaban las nalgas se deslizaron bajo el veraniego vestido estampado y Constantine deslizó la mano hasta cubrir el montículo cubierto por el suave tejido de algodón. La oyó contener un jadeo y supo que su pasión no había disminuido con los años. La sola idea lo excitó tanto que se sintió a punto de explotar.

¿Debía hacerlo allí mismo? ¿Desabrocharse los pantalones y perderse en ella?

–Si no llevaras esto… qué fácil sería –comentó él con voz inestable.

Las gráficas palabras rompieron el hechizo erótico que la envolvía, y Laura abrió los ojos para ver la cara de Constantine, tan presa de deseo sexual como ella. La realidad cayó sobre ella como una ducha de agua fría. ¿Qué demonios estaba haciendo? ¿Allí, prácticamente en medio de la calle, dejando que él le metiera la mano entre las piernas y la excitara hasta hacerla…?

–Para…para –susurró.

–¿Que pare qué?

–Para de acariciarme.

–Pero te gusta. Sé que te gusta –Constantine movió un dedo sobre ella y a Laura se le aceleró la respiración–. ¿Lo ves?

–Oh.

Los dedos masculinos continuaban excitándola íntimamente e incluso a la tenue luz del anochecer Constantine vio cómo se le dilataban las pupilas antes de cerrar los ojos en un gesto inconfundible. Una vez más Laura se relajó contra él y él sintió su inminente rendición. ¿Debía continuar? ¿Llevarla hasta un orgasmo que sería incapaz de detener? ¿Beber cada uno de sus jadeos y sus gemidos mientras la hacía convulsionarse de placer? Contemplarla así sería tremendamente excitante, y quizá entonces ella estuviera más dispuesta a aceptar sus planes.

Pero en aquel momento oyó el sonido de un coche que se acercaba y vio sus potentes faros subiendo por el sendero. Entonces se dio cuenta de lo que estaba haciendo. Él, Constantine Karantinos, estaba en un lateral de un hotel sobándose con una mujer en tal estado de excitación como no lo había estado desde su adolescencia.

–Vamos arriba –murmuró él mientras con los labios acariciaba la suave piel de la garganta.

Las campanas de alarma resonaron a través de la neblina del deseo y Laura abrió los ojos, aturdida.

–¿Arriba? –repitió ella.

–Sí, estaremos mucho más cómodos. Una cama enorme para un placer enorme –Constantine le besó el cuello y le guió los dedos al pantalón, para que palpara lo excitado que estaba por ella–. Todo enorme –añadió en un susurro cargado de arrogancia.

Pero Laura se echó hacia atrás y apartó la mano de su cuerpo endurecido.

–¿Tienes una habitación aquí? –preguntó estupefacta.

–En realidad una suite. No es la mejor que he visto, pero no está mal.

–¿O sea que creías que… iba a acostarme contigo mansamente?

–Mansamente no es la palabra que esperaba –respondió él con una sonrisa–. Tu reacción hasta ahora me dice que eres una mujer muy apasionada, y si no recuerdo mal, siempre lo has sido –añadió bajando la voz.

Aquellas últimas palabras casi fueron su perdición, porque daban a la situación una falsa intimidad, casi como si hubieran compartido un pasado. Pero no era así, se recordó ella dolorosamente. Lo que compartieron no fue más que una potente relación sexual que fueron incapaces de controlar. Y que ahora aquella química siguiera siendo tan explosiva como entonces no significaba que debía entregarse a él y comportarse de tal modo que le diera pie a insultarla como si fuera una cualquiera.

–No subiré arriba contigo –dijo ella apartándose de él y bajándose el vestido.

Perplejo, Constantine se dio cuenta de que Laura hablaba en serio. ¿Acaso pensó que se rendiría tan pronto como años atrás, como todas las mujeres? Durante un largo momento buscó en la expresión femenina algún indicio de que pudiera cambiar de idea, pero no lo encontró. Por eso no le quedaba más remedio que apagar su deseo. Ya habría tiempo más adelante, cuando ella accediera a sus otras demandas. En aquel momento se concentró en el verdadero motivo que lo había llevado hasta allí.

–¿No te ha convencido esto de que podríamos tener un buen matrimonio? –preguntó él siguiéndola por el sendero de gravilla.

–Puedes expresarlo como quieras, pero la respuesta sigue siendo no.

Todavía con las rodillas temblando, Laura se dejó

caer en un banco de madera perfectamente iluminado por los focos de la entrada del hotel, donde los coches iban y venían. ¡Que se atreviera a tocarla allí!

Constantine se sentó a su lado, preguntándose si la reacción de Laura no sería una estratagema para poder más tarde incrementar sus demandas. Esbozó una sonrisa. Pronto aprendería que la batuta la tenía él.

–Me gustaría saber cuál es tu principal objeción a mi propuesta –dijo él en un tono sedoso cargado de amabilidad.

–¿Cuál va a ser? Alex, por supuesto –le espetó ella–. ¿De verdad crees que puedo volver a casa y decirle que me voy a casar con su padre, al que ni siquiera conoce, y que después nos vamos todos a vivir a Grecia?

–¿Por qué no?

–¿Cómo que por qué no? ¿Es que no sabes nada de niños?

–No, la verdad es que no. Se me ha negado la oportunidad –respondió él con saña.

Laura tragó saliva. «Sé razonable», se dijo tratando de buscar la mejor respuesta. Porque si quería que él aceptara su manera de ver las cosas, tendría que ser muy convincente. Y convencer a un hombre como Constantine no era fácil. Tenía que mostrarle cómo sería desde el punto de vista de un niño.

–La vida de Alex está aquí, en Inglaterra –empezó ella suavizando el tono de voz–. Es lo único que conoce. ¿No crees que plantearle un cambio tan radical puede ser demasiado para él? No sé cómo podría tomarse verse obligado a dejar su casa y su colegio, y menos tener que aceptar a un nuevo padre de quien no sabe nada y una nueva vida en un lugar desconocido. ¿Y si lo de Grecia no funciona?

–Haremos que funcione –le aseguró él.

Aquella testaruda insistencia sólo logró reforzar su resolución. Laura se imaginó atrapada en un matrimonio sin amor con un hombre como Constantine, y sintió un estremecimiento por toda la columna vertebral.

–Las cosas no funcionan así como así –dijo ella–. Los seres humanos no son marionetas a las que puedes controlar a tu gusto. Creo que no eres consciente del impacto que puede tener en un niño que nunca ha salido de Inglaterra empezar una nueva vida en un país extranjero.

El cuerpo masculino se tensó como si lo hubiera abofeteado, y Constantine apretó los puños.

–No vuelvas referirte a Grecia como un país extranjero delante de mí ni delante de mi hijo –masculló–. Es la tierra de sus antepasados, y un país que cuenta con una gran historia y una magnífica cultura que pienso enseñarle pronto.

Los dedos masculinos empezaron a relajarse y Laura contempló el proceso con fascinación.

–Quiero una relación con Alex –continuó él–. Y quiero que conozca a su abuelo. Esas dos cosas no son negociables. Dime, ¿qué piensas hacer para que ambas se cumplan, Laura?

En ese momento Laura supo que no era necesario estar aislada en una isla para estar atrapada, y al mirarlo se dio cuenta de que no iba a ser fácil no cumplir con sus exigencias. Eso significaba que debía adaptarlas a sus necesidades y las de Alex.

–Creo que lo mejor para Alex será que te conozca poco a poco –dijo ella entrelazando los dedos de las manos.

–¿Y cómo sugieres que lo haga? –quiso saber él–. ¿Pasándome por la panadería todas las mañanas a comprar un bollo?

En otras circunstancias, Laura incluso se habría echado a reír, porque la imagen de Constantine apareciendo por la puerta de la panadería era no sólo extraña sino también divertida. Pero no había sitio para el humor. Aquél era un asunto muy serio. Sin embargo, tampoco era necesario que Constantine se mostrara tan sarcástico con ella y con su manera de ganarse la vida. Trabajar en una panadería no era equivalente a ser una modelo, pero era un trabajo honrado.

–Por supuesto que no –repuso ella.

–Mi vida y mi trabajo están en Grecia.

–Lo sé –dijo ella.

De la misma manera que su vida y la de Alex estaban en Inglaterra. Laura trató de buscar una solución al dilema, y de repente se le ocurrió.

–Pronto serán las vacaciones de verano –empezó.

Constantine la miró sin entender.

–¿Y qué tiene eso que ver?

–Podría ir a Grecia –sugirió ella–. Pero no como tu esposa. Supongo que tu padre tiene gente trabajando a su servicio.

–Por supuesto.

–¿Cuántas personas?

–Pues no lo sé. No tengo la costumbre de llevar un inventario –repuso él burlón.

Pero ella continuó mirándolo con ojos interrogantes, sin ceder a sus burlas, y al final él dijo, con un suspiro de impaciencia:

–Hay un ama de llaves que vive en la finca, y varias personas que vienen del pueblo.

–¿Alguno tiene hijos?

–Niños pequeños no, pero hay muchos en el pueblo –Constantine no entendía nada.

—Ya sé lo que puedo hacer —dijo ella—. Contrátame para trabajar durante el verano en la casa de tu padre…

—¿Trabajar en la casa de mi padre? —rugió él sin quererlo—. ¿Haciendo qué?

Laura alzó la barbilla, resuelta a no dejarse intimidar.

—Las cosas que a ti te parecen tan ridículas: limpiar y hacer las camas. También puedo servir la comida, e incluso cocinar.

Esta vez era Constantine quien no daba crédito a lo que estaba oyendo.

—¡Ésos son trabajos muy bajos! —exclamó escandalizado—. ¿Qué clase de mujer quiere hacer eso?

Una mujer con orgullo, pensó Laura, y una mujer que intentaba mantener su dignidad a pesar de la fuerza apisonadora de Constantine.

—De paso, Alex disfrutará de unas vacaciones al sol del Mediterráneo —continuó ella cada vez con más entusiasmo—. Puede jugar con los demás niños y aprender algo de griego. Unas vacaciones le sentarán bien, y mientras esté allí tendrá la oportunidad de conocerte.

Se hizo un inquietante silencio mientras Constantine reflexionaba sobre la sugerencia de Laura, sin duda sorprendido por la humildad de la propuesta. ¡Laura quería ir a su casa a trabajar de criada! Y sin embargo, tenía que reconocer que como solución era mucho mejor que la suya. Por un lado el corazón de su padre no tendría que asimilar la repentina noticia de que tenía un nieto de siete años y, por otro, deshacerse de una criada siempre era más fácil que de una esposa, en caso de que su presencia empezara a molestarlo. Así no tendría que pasar por toda la publicidad y los inconvenientes de un divorcio.

La observó en silencio, consciente de que la idea le estaba distrayendo del asunto más importante.

–¿Y cuándo piensas decirle a Alex que soy su padre?

Laura abrió desmesuradamente los ojos y lo miró con gesto casi suplicante.

–¿No… no podemos esperar a que sea el momento adecuado?

–No esperaré eternamente, Laura –le advirtió él, endureciéndose para no dejarse enternecer por la temblorosa súplica de su voz.

–No, no, claro que no, lo entiendo. Se lo diremos lo antes posible, te lo prometo. Oh, gracias, gracias, Constantine –dijo ella, y en su boca y en su rostro se dibujó una resplandeciente sonrisa, aunque la respuesta de él fue como el hielo.

–Ésta no es una situación que me guste –masculló él.

¡Cómo le habían endurecido los años!, pensó ella fugazmente. Era un hombre totalmente diferente al joven de rizos largos y despeinados que había entrado y salido de su vida tan rápidamente ocho años atrás.

¿Y ella? ¿También había cambiado tanto? Laura se mordió el labio. La verdad era que parecía había olvidado por completo aquel breve periodo de libertad y despertar sexual que no se había vuelto a repetir jamás.

O quizá simplemente lo había bloqueado de su mente. Quizá era demasiado doloroso recordar una época en la que había vivido feliz y libre de preocupaciones.

–El único problema que se me ocurre es que necesito una sustituta para ayudar a mi hermana en la panadería durante mi ausencia, pero supongo que tú podrás ayudarme con eso.

¿El único problema?, pensó él. ¿Había perdido el juicio? Constantine veía ante sí una lista interminable de problemas.

–Sí, de eso me ocupo yo –dijo Constantine con cansancio, porque por primera vez en su vida no había conseguido lo que quería.

A pesar de la desafortunada situación de Laura y de su pequeña estatura, Constantine se daba cuenta de que era una mujer que tenía las cosas muy claras y que por encima de todo su intención era luchar con uñas y dientes por hacer lo mejor para su hijo.

Por un momento Constantine se preguntó cómo sería tener una madre así, una madre preocupada más por tu bienestar que por el suyo, pero rápidamente apartó el pensamiento de su mente. Por encima de todo, se preciaba de no perder nunca el tiempo pensando en cosas que quedaban más allá de su comprensión.

Ésa era una de las claves de su éxito.

Capítulo 7

LAURA contempló maravillada la isla mientras el helicóptero aterrizaba con la agilidad de un ave de presa. Desde el cielo, la isla era un óvalo verde bordeado de una estrecha franja de arena dorada, y parecía una joya en medio de un mar tan intensamente azul que conmocionaba por su belleza.

Laura miró a Alex, sentado a su lado y totalmente absorto por la esplendorosa belleza que se abría ante él, y se preguntó qué efecto estaría teniendo el viaje en su hijo. Porque aunque ella había insistido en viajar a Grecia en un avión comercial «los criados no iban en aviones privados», le había dicho con firmeza a Constantine, cuando llegaron al aeropuerto de Atenas se encontraron con que les estaba esperando un helicóptero para llevarlos a la isla de Livinos, en la que estaban a punto de aterrizar.

Sujetando la mano de Alex con fuerza, Laura lo ayudó a descender del helicóptero. Creyó oír su nombre y levantó la cabeza. Allí, junto a un todoterreno, estaba el hombre que había dominado sus pensamientos toda la semana.

¡Constantine! Se le secó la boca y el corazón empezó a latir erráticamente al sentir la mirada penetrante del hombre en ellos. Por el bien de Alex, Laura rezó para que la primera vez que se veían padre e hijo fuera un éxito y echó andar hacia él sin soltar a su hijo.

Constantine sintió un nudo en el corazón. No estaba

preparado para la potencia de las emociones que lo embargaron al ver al niño. Las fotos que había visto de él le hicieron creer las palabras de Laura, pero verlo ahora, en carne y hueso, era muy distinto. En cualquier lugar y en cualquier momento hubiera sabido que aquel niño en particular era un Karantinos.

Respiró profundamente con una mezcla de alivio y dolor, alivio por conocerlo al fin y dolor por no haberlo conocido antes.

Tuvo que hacer un gran esfuerzo para apartar los ojos de Alex y mirar a Laura, que a su vez lo miraba con una mezcla de inquietud y temor. Los labios de Constantine se cruzaron en una expresión de desprecio. Otro vestido barato y un par de sandalias que habían visto mejores tiempos. ¿Acaso estaba empeñada a remarcar su baja posición social, tras insistir testarudamente en trabajar en el servicio doméstico de su casa? ¿O quizá esperaba obtener una indemnización más generosa si insistía en subrayar las diferencias entre ambos?

Sin embargo, a pesar de la rabia que sentía hacia ella, también estaba furioso consigo mismo, por el inexplicable deseo que continuaba sintiendo por ella. Por la reacción inmediata de su cuerpo, tenso con el insaciable deseo de hacerle el amor.

Pero se controló y sonrió a modo de bienvenida, porque sabía que nunca se ganaría el cariño del muchacho si se mostraba crítico con su madre.

–Constantine –tartamudeó ella–. No… no esperaba encontrarte aquí.

–Seguro que ha sido un inesperado placer –murmuró él con sarcasmo, pero sus ojos estaban clavados en el niño y él era consciente de los acelerados latidos de su corazón–. Hola, Alex.

Alex se volvió a mirar a su madre.

–¿Quién es, mamá?

Constantine se agachó delante de él, quizá esperando el instantáneo reconocimiento del niño, que por supuesto no llegó. ¿O acaso tenía la esperanza de que Laura ya se lo hubiera dicho y el niño estuviera ansioso por abrazarlo? Qué tontería, eso sólo ocurría en las películas, se dijo.

Normalmente no le preocupaba lo que pensara la gente de él, pero aquella vez fue diferente. Quería caer bien al niño. Lo necesitaba.

–Me llamo Constantine Karantinos –dijo él–. Y tú vas a quedarte en la casa de mi padre.

Alex asintió, como si fuera lo más normal, y Laura pensó que, después de la entusiasta reacción el día que le dijo que iban a pasar las vacaciones estivales en una isla griega, habría reaccionado igual si le dijera que iban a ir a la Luna.

–¿Es bonita? –preguntó

–Oh, es muy bonita –respondió Constantine con una sonrisa–. Y tiene una piscina enorme.

–¿Sólo para nosotros? –preguntó Alex con los ojos muy abiertos.

–Sólo para nosotros –respondió Constantine.

Alex se mordió el labio en un gesto que solía hacer cuando estaba preocupado.

–Pero no sé nadar muy bien –dijo.

–Entonces tendremos que enseñarte. ¿Te gustaría?

Alex asintió.

–¡Sí, por favor!

–Entonces vamos al coche –Constantine lo ayudó a subir al asiento de atrás y a abrocharse el cinturón antes de hacerse a un lado para dejar pasar a Laura–. Pareces… –estudió su rostro con seriedad–. Pareces muy cansada –dijo por fin.

–Sí –dijo Laura.

En realidad se sentía física y mentalmente agotada. De hecho, no había logrado dormir una noche entera desde el día que quedó con Constantine en el Grapevine, y además había estado trabajando su turno y el de Sarah para compensar su ausencia.

Por un momento, sólo por un momento, Constantine sintió lástima por ella. Por primera vez vio que los ojos grisáceos estaban ensombrecidos, y que la piel blanca era casi traslúcida de agotamiento.

–Pues entonces sube al coche y relájate –dijo bruscamente sentándose detrás del volante y poniendo el motor en marcha, mientras el piloto del helicóptero metía las desgastadas maletas de los recién llegados en el maletero.

–Sube, mamá –dijo Alex entusiasmado–. Es enorme.

Laura se sentó junto a su hijo y se ruborizó al ver los ojos negros de Constantine clavados en ella a través del retrovisor. Tratando de mantener la calma, miró hacia delante, rezando para que la dejara seguir con sus cosas mientras él se dedicaba a conocer a su hijo. ¿O es que no se daba cuenta de que ella estaba resuelta a luchar contra el deseo que sentía por él, consciente de que nada bueno podría salir de reiniciar una relación sexual?

–¿Vive cerca del mar? –preguntó la vocecilla de Alex.

–Toda la isla está cerca del mar –respondió Constantine–, y si tienes suerte, incluso podrás ver navegar alguno de los barcos de mi empresa. Y visitarlos.

–¿Barcos de verdad? –preguntó Alex, sin poder ocultar su interés y fascinación.

Constantine se echó a reír.

–Claro que de verdad. Algún día te llevaré a uno. Son enormes.

–Me encantaría verlos –dijo Alex, y enseguida volvió a morderse el labio, en un gesto que había heredado de su madre–. Pero mamá estará trabajando, ¿verdad? Y me ha dicho que no moleste a nadie.

Se hizo un terrible silencio, y Laura deseó que la tragara la tierra. Nunca había sentido lástima de sí misma. Su dedicación al trabajo era parte de criar a un hijo sola, pero las palabras de Alex le hicieron ver la difícil situación en la que estaba, y de la influencia que la estancia en la isla podría tener en su hijo.

Ya estaban distanciándose, y Constantine debió sentirlo también, porque la miró por el retrovisor, aunque esta vez no con sensualidad y rabia. Como si fuera un insulto a su honor oír a su hijo hablar así.

–No debes preocuparte por el horario de trabajo de tu madre –dijo él bruscamente–. Porque sé que a ella le encantará que tú los pases bien.

–Es que no quiero dejarla sola –dijo Alex con una lealtad que casi hizo llorar a Laura.

Era ella quien debía cuidar de su hijo, y no al revés.

–Claro que puedes ir con Constantine a ver sus barcos –dijo Laura.

–Cuando era pequeño yo también vivía aquí –dijo Constantine.

–Oh, qué suerte –suspiró Alex.

Constantine recordó su infancia en la isla, cuando podía correr, nadar, pescar y subir a los árboles sin temor, como todos los niños de la isla, sin tener en cuenta la fortuna de su padre.

Pero en el fondo había sido una época de soledad. Rodeado de todas las riquezas materiales, pero emocionalmente solo y medio abandonado por una madre que no supo nunca cómo amar al niño de fuerte voluntad y gran personalidad que era su hijo.

–Mira por la ventana, Alex –dijo Constantine–. Además de las playas más maravillosas del mundo, también tenemos montañas, y bosques de cedros, robles y pinos. Y minas de oro y plata.

–¿De oro? ¿En serio?

–Sí, en serio. Fueron descubiertas por los parios, que son los habitantes de la isla de Paros.

Esta vez Laura le mandó un mensaje mudo con los ojos, suplicándole que dejara de pintar un mundo maravilloso, unas imágenes que Alex sólo había visto en las películas o en los libros.

«Por favor, no hagas que su vida en Inglaterra parezca aburrida e insignificante».

Y Constantine, que la entendió perfectamente, prefirió ignorar su súplica.

–También tenemos mármol blanco –continuó sin alterarse–, que se exporta a todo el mundo. Y además están los elementos esenciales de la vida: la fruta, la miel y las aceitunas. Ahora mira hacia delante, Alex, y verás la casa de mi padre.

Laura miró por la ventana y se quedó boquiabierta. Era la vivienda más bonita que había visto en su vida.

Rodeada de naranjos y limoneros, la casa, de amplias dimensiones, dominaba el paisaje a la vez que se confundía con él. Se alzaba casi en la cima de la colina, y desde allí las vistas del Mediterráneo azul zafiro que se extendía a sus pies eran impresionantes. Al abrir la puerta del coche, lo primero que notó ella fue el olor a pino y cítricos que lo impregnaba todo. Y oyó el canto de los pájaros.

–Ya hemos llegado –dijo Constantine ofreciendo la mano a Alex.

El muchacho la tomó con total naturalidad.

Laura pensó lo fácil que le estaba siendo confiar en

él, y se dijo que debería alegrarse por su hijo, aunque sin embargo no pudo evitar sentir cierta envidia, y un atisbo de temor.

La puerta principal se abrió y una mujer de mediana edad con un delantal estampado salió inmediatamente a recibirlos.

–Te presentaré a Demetra –dijo Constantine con un extraño brillo en los ojos–. Ella se ocupa del servicio, así que estarás a sus órdenes. Sigue en todo momento sus instrucciones, Laura.

Órdenes. Instrucciones. Aquellas palabras le devolvieron bruscamente a la realidad, y se dio cuenta de que todos los privilegios que había disfrutado hasta entonces se iban a evaporar. Ahora era una más del servicio doméstico.

«Era lo que tú querías», se recordó. «Tú te empeñaste».

–*Kalimera* –dijo con una nerviosa sonrisa a la mujer, recordando el poco griego que sabía.

La mujer la miró de arriba abajo, dijo algo en griego a Constantine, a lo que éste respondió también en griego. Después la mujer sonrió a Laura.

–*Kalimera*, Laura. Bienvenida a Villa Thavmassios –miró a Alex y sonrió–. ¿Éste es tu hijo?

–Sí, éste es Alex.

El niño dio un paso adelante y estrechó la mano de la mujer, tal y como Laura le había enseñado.

Demetra dejó escapar un emocionado gritito antes de envolver al niño en un fuerte abrazo. Laura contuvo una sonrisa al ver a Alex mirarla horrorizado.

–Traeremos a niños del pueblo para que jueguen contigo, Alex –dijo la mujer–. Y mi hijo pronto volverá de la universidad. Se le dan muy bien los deportes. Él te enseñara a nadar y a pescar. ¿Te gustaría?

–Sí, por favor –dijo Alex tímidamente cuando Demetra por fin lo soltó.

La mujer dijo algo a Constantine en griego, pero éste negó con la cabeza.

–¿Quieres que te enseñe tu habitación, Alex? –dijo mirando al pequeño. Y después, se volvió a mirar a Laura–. De paso puede enseñarte la tuya –añadió mirándola con un extraño destello de provocación en los ojos.

Laura hizo un esfuerzo para reaccionar con indiferencia, pero a la vez que se prometía para sus adentros ignorar la sensual invitación que era Constantine en todos los sentidos, tuvo que luchar para reprimir el deseo y el anhelo que había empezado a recorrerle todo el cuerpo.

«Mentirosa. Sabes que lo deseas. Que darías media vida por sentir sus labios recorriendo cada centímetro de tu piel».

Sus propios pensamientos la hicieron sonrojarse, y el rubor de sus mejillas se intensificó. Constantine la miraba con una media sonrisa en los labios como si le estuviera leyendo el pensamiento, como si supiera que se le habían endurecido los pezones y el corazón le latía aceleradamente.

¿Qué demonios estaba pasando? ¿Por qué reaccionaba con él como si fuera una mujer que se entregaba a sus deseos carnales, cuando nada estaba más lejos de la verdad?

Nada.

Ni siquiera había habido otro hombre en su vida desde él, porque la verdad era que nunca había deseado a nadie como lo deseó a él.

Sin embargo, por primera vez el hecho de no haber tenido ningún otro amante parecía más un fracaso que algo de lo que sentirse orgullosa. Como si fuera una de esas patéticas mujeres enamoradas de un hombre que nunca les había vuelto a prestar la menor atención. ¡Que al verla ni siquiera recordaba que habían sido amantes!

–¿Lista? –la voz de Constantine interrumpió sus pensamientos.

Forzando una sonrisa, Laura tomó a Alex de la mano.

–Vamos a ver tu habitación, cielo.

La casa era enorme. En comparación, su apartamento de Milmouth parecía una caja de zapatos.

La maleta de Alex ya estaba en una luminosa habitación que se había transformado en el sueño de cualquier niño. Había una estantería llena de libros, una mesa con toda una colección de lápices de colores y rotuladores, y en una esquina un enorme castillo de madera con figuritas de caballeros y caballos. A su lado, un precioso tren de madera.

Al ver el castillo, Alex se volvió a Constantine con los ojos muy abiertos y expresión radiante.

–¿Te dijo mi madre que me gustan los caballos? –preguntó el pequeño entusiasmado.

–Pensé que a todos los niños les gustan los caballos –respondió Constantine, que tuvo que hacer un esfuerzo para contener las emociones que le embargaban.

–¿Puedo jugar ahora?

–Para eso está. Juega mientras acompaño a tu madre a su habitación, que está aquí mismo. Después bajaremos a comer algo y si quieres más tarde puedes bañarte un rato. ¿Te parece?

–¡Claro que sí! –exclamó el niño, y salió corriendo hacia el castillo.

Laura miró a Constantine, tratando de controlar sus emociones, pero la realidad era que el magnate griego se había tomado muchas molestias para dar la bienvenida a su hijo, y a ella se le estaban llenando los ojos de lágrimas. Quería darle las gracias, pero la expresión sombría del rostro masculino no invitaba a hacerlo.

—Vamos —dijo Constantine invitándola a salir.

La llevó por un pasillo de suelo de mármol hasta otra habitación, no muy lejos de la de Alex. Cuando abrió la puerta, lo único que vio Laura fue la cama.

—¿Qué te ha dicho Demetra? —se apresuró a preguntar ella, necesitando algo que la distrajera de sus osados pensamientos.

—Que eres muy delgada y frágil para el trabajo físico.

—¿Y tú qué le has dicho?

Constantine se detuvo y la miró desde su altura.

—Le he dicho que estás acostumbrada a trabajar duro.

—Oh.

Las palabras la pillaron desprevenida. Era la primera vez que Constantine le decía algo parecido a un cumplido. Laura levantó la cabeza y lo miró, con el corazón acelerado.

—Oh, bueno, gracias…

Pero no pudo decir nada más, porque Constantine la tomó de la mano, la metió en el interior del dormitorio y cerró la puerta.

—Quiero que te quede esto muy claro, Laura. No quiero tu gratitud —masculló en voz baja—. De ti quiero esto.

Y bajando la cabeza la besó con un fervor que acabó con la poca resistencia que le quedaba.

A Laura se le doblaron las rodillas, y se dejó caer contra él con un gemido que fue incapaz de reprimir. Constantine la sujetó con fuerza y le separó los labios con la boca sin dificultad.

Fue un beso frenético, intenso, y por unos segundos Laura se entregó a él por completo. Sintió la lengua que la exploraba, la presión de la boca masculina que parecía querer adentrarse más en la suya, hasta dejarla totalmente vulnerable y rendida a él.

Laura sintió cómo se le erguían los senos contra la pared musculosa del pecho masculino, y deseó que él le levantara la falda, que la acariciara, que la…

Como si le hubiera leído el pensamiento, Constantine empezó a cumplir sus deseos. Le levantó impacientemente el vestido y le acarició la piel sedosa de los muslos.

—Constantine —gimió ella en su boca.

El sonido pareció incendiarlo todavía más y Constantine intensificó el beso a la vez que movía los dedos hacia arriba, dejando un rastro abrasador sobre el tejido húmedo de la prenda de ropa interior.

¿Tendrían tiempo?, se preguntó él distraído llevándose la mano al cinturón del pantalón.

A través de la ardorosa neblina de pasión que estaba consumiéndola, Laura sintió la repentina tensión en el cuerpo masculino y notó la creciente erección, dándose cuenta de hacia dónde iban. ¿No era eso el ruido de una cremallera? Horrorizada, interrumpió el beso y trató de apartarse de él, aunque sin éxito.

—No debemos —jadeó ella contra su pecho—. Sabes que no debemos hacerlo.

Constantine respiró profundamente antes de soltarla y alejarla de él, como si de repente se hubiera convertido en veneno. Le dio la espalda y se ajustó los pantalones, tomando un par de momentos para recuperar la compostura y mirarla.

En el fondo sabía que Laura tenía razón. Que alguien debía detenerlo antes de que fuera demasiado tarde. Pero, ¡qué narices!, no quería que ella tuviera razón. Y menos cuando estaba tan excitada y se movía tan apasionadamente en sus brazos. Y a la vez luchaba tan intensamente por controlar la situación. Él era siempre quien controlaba la situación, y las mujeres las que esperaban como marionetas a escuchar sus órdenes.

Todo no había durado más de un par de minutos, pero la frustración le hizo volverse hacia ella con mirada acusadora.

–¿Siempre te portas así? –dijo irritado–. ¿Suplicando a los hombres con los ojos que te hagan el amor justo cuando tu hijo está un par de puertas más allá? ¿Cuántas veces ha visto a su madre con un hombre, Laura? ¿Cuántas?

Laura abrió la boca estupefacta.

–Nunca –dijo sacudiendo con rabia la cabeza–. Nunca, ni una sola vez.

–¿Una mujer que se excita tan deprisa como tú? Permíteme que no te crea.

–Si no me crees es tu problema, Constantine. Puedes creer lo que te dé la gana –le espetó ella sin perder la calma–. Y por supuesto, tú no has tenido nada que ver con lo que ha pasado. He sido yo la que me he lanzado a ti –añadió ella, dolida por la injusticia de la acusación.

–No te recomendaría ir por ese camino –dijo él con arrogancia–. Porque cuando una mujer manda a un hombre el mensaje inequívoco de que quiere que le haga el amor, me temo que la Naturaleza ha programado al hombre para que se lo haga.

Laura lo miró horrorizada. ¿Era cierto? Si así era, ella no había sido consciente de hacerlo. Sin embargo, la reacción de él no podía ser más insultante. Como si para él besarla no fuera más que una respuesta condicionada, mientras que para ella había sido…

¿Qué? Su cuerpo se estremeció al recordarlo. ¿Qué había sido? Como ser transportada directamente al paraíso, o incluso peor, como si se hubiera reactivado en su interior una pasión que despertó en ella por primera vez años atrás.

Pero eran emociones inútiles, que no servían para nada. Constantine no sentía nada por ella, y mucho menos respeto. Para él no era más que otro cuerpo femenino en una larga lista de cuerpos femeninos que lo habían recibido en sus brazos.

Hubo una vez que se dejó deslumbrar por su carisma y, ayudada por su juventud e inexperiencia, se había acostado voluntariamente con él. Pero ahora las cosas eran diferentes, y los peligros mucho mayores.

–Creo que será mejor asegurarnos de que no vuelve a ocurrir –dijo ella.

–¿Crees que eso es posible? –dijo él burlón–. ¿Que el deseo es como un grifo que puedes abrir y cerrar a voluntad?

–Creo que se puede intentar.

–Pero yo no quiere intentarlo –dijo él–. Más aún, no pienso hacerlo.

Sus miradas se encontraron en un mudo desafío, y Laura sintió que se le secaba la boca, pero no de ira sino de excitación.

–Creo que… creo que será mejor que te vayas mientras me lavo un poco y después ayudó Alex a deshacer su maleta –dijo.

Pero no pudo evitar ver el pulso que latía frenéticamente en la garganta masculina mientras él continuaba mirándola sin disimular su deseo.

Laura tragó saliva, le dio la espalda y se acercó a la ventana, sin ver la belleza del mar azul zafiro, pensando únicamente en lo difícil que iba a ser su estancia allí.

«Pero eres su empleada», se recordó ella.

¿Por qué no recordárselo a él? ¿Por qué no poner distancia y barreras entre ambos?

–¿Cuándo empiezo a trabajar?

Constantine esbozó una sonrisa. Sabía perfectamente por qué lo hacía, pero lo consideró una especie de juego.

–Esta noche Alex y tú cenaréis con Demetra, y con ella os familiarizareis con nuestras costumbres. Ella te dirá lo que espera de ti y responderá a todas las dudas que puedas tener.

–¿O sea que… tú no estarás aquí?

–No, cariño –repuso él–. Yo voy a salir.

–¿A salir? –repitió ella, consciente de que su voz sonaba a decepción.

¿Y celos?

–Sí –los ojos negros de Constantine brillaron–. De ser tu marido no se me hubiera ocurrido dejarte sola tu primera noche en la isla, pero tú fuiste quien tomó la decisión, Laura, y debes aceptar las consecuencias, aunque no sean de tu agrado.

–Al menos no tengo que arrepentirme de nada –dijo ella.

–Bien por ti –se burló él terminando de meterse la camisa de seda por el pantalón–. Mañana Alex comerá con mi padre y conmigo para que conozca a su abuelo.

–Bien –Laura lo miró dándose cuenta de lo poco que sabía de él–. ¿Y… tu madre?

Hubo una pausa de una décima de segundo.

–Mi madre murió hace muchos años.

–Oh, lo siento –dijo Laura, interpretando el tono inexpresivo de su voz como dolor, sabiendo por su propia experiencia que no era bueno olvidar a los muertos, incluso si hablar de ellos resultaba doloroso–. ¿Qué pasó?

–Murió de neumonía hace mucho tiempo –dijo él con expresión pétrea–. Pero la historia de mi familia no es asunto tuyo, Laura.

–También es la historia de Alex –le recordó ella, sorprendida por el repentino veneno en la voz masculina.

–Entonces hablaré de esos asuntos con Alex –dijo él–. No te servirá de nada mirarme con esos ojos de cordero degollado, porque si fueras mi esposa podrías haber participado legítimamente en esa clase de conversaciones. Pero me temo que tú tienes otras cosas de las que ocuparte. ¿Por qué no vas a buscar a Demetra para que te ponga al día de lo que tienes que hacer?

Constantine calló y disfrutó del rubor que cubría las mejillas femeninas. Quería herirla como lo había hecho ella al insistir en ser parte del servicio doméstico, aunque no sabía cómo conseguirlo.

–Y después prepárate para servirme la cena.

Capítulo 8

LAURA despertó con la extraña sensación de estar en una habitación nueva y desconocida hasta que vio la luz que se colaba a través de las rendijas de las persianas y sintió el aire cálido del exterior. Estaba en Grecia, en la isla de Constantine Karantinos, y había estado toda la noche soñando con él, recordando la frialdad de su voz cuando le preguntó por su madre y la crueldad de su respuesta.

En algún momento de la noche debió destaparse y ahora estaba tendida en la cama, con un camisón que se le había subido por encima de las caderas y la dejaba bastante al descubierto. Lo que era sorprendente, dado lo cansada que estaba la noche anterior, después de compartir una cena deliciosa con Demetra y su hijo en la acogedora cocina de la casa.

Después, Alex y ella habían ido a dar un paseo por los jardines de la finca acompañados por el hijo de Demetra, Stavros, que les sirvió de guía. El joven estudiante les enseñó las constelaciones del cielo mediterráneo, descubriendo para Alex las maravillas del mundo de la astronomía.

Al recordarlo, Laura se sentó en la cama de un salto. ¿Alex? No lo había oído en toda la noche, desde que lo acostó con su osito de peluche en el dormitorio que le había preparado Constantine al final del pasillo. ¿Y si el pequeño había tenido pesadillas? ¿Y si se había levantado buscándola? ¿O si quería beber un vaso de agua y se había perdido en la inmensidad de la mansión donde se alojaban?

Poniéndose la bata a juego con el camisón, Laura salió de su dormitorio en dirección al de Alex, que encontró totalmente vacía.

—¡Alex! —exclamó presa de pánico.

—Está fuera —dijo una voz grave y ronca tras ella.

Laura se volvió en redondo y se encontró cara a cara con Constantine, de pie en el umbral de la puerta, con una expresión indescriptible en la cara.

Consciente de que no se había peinado y ni lavado la cara, Laura parpadeó.

—¿Fuera dónde?

—En la piscina, con el hijo de Demetra.

—¿Quieres decir que has dejado a mi hijo…?

—A nuestro hijo —le corrigió él.

—…prácticamente con un desconocido, en la piscina cuando ni siquiera sabe nadar bien?

—Oh, por el amor de Dios, ¿de verdad crees que permitiría que corriera algún peligro? ¡Conozco a Stavros desde que era un crío y nada como un pez! —le espetó él—. Llevo con ellos toda la mañana, y por lo visto tú cenaste con ellos ayer. Se llevan maravillosamente. Si te hubieras levantado un poco más pronto podrías haberlo visto con tus propios ojos —su expresión se endureció—. Lo que quiero saber es por qué ni siquiera sabe nadar como es debido.

—Porque…

—¿Por qué, Laura? —insistió él.

—Porque… —de nada servía ocultarle la verdad—. Las clases eran caras… —se interrumpió al darse cuenta de que él la miraba con incredulidad.

—¿Caras? —repitió él, como si fuera incapaz de entender que no todo el mundo vivía rodeado de lujos y dinero.

—Entrenaba al fútbol los fines de semana —se justificó ella—. Y yo no podía pagárselo todo.

—O sea que mi hijo ha vivido como un pobretón —dijo él amargamente—. El heredero de la fortuna Karantinos viviendo miserablemente.

Laura tragó saliva, y entonces se dio cuenta de lo agotado que estaba él, como si no hubiera pegado ojo en toda la noche. Constantine tenía unas profundas ojeras y, a juzgar por la barba de un día, ni siquiera se había afeitado. Enfundado en unos vaqueros desgastados y una camiseta, no se parecía en nada al multimillonario griego que había visto en la fiesta de Londres.

La situación resultaba inquietantemente íntima y familiar, como volver a ver al Constantine que ella conoció en el pequeño hotel de Milmouth. Laura retrocedió un paso, dándose cuenta de su proximidad y del hecho de que él iba totalmente vestido mientras que a ella la bata apenas le llegaba a la mitad del muslo. A juzgar por la repentina contracción de las facciones masculinas, él debió darse cuenta exactamente en el mismo momento.

Sin otra palabra, Laura dio media vuelta y salió del dormitorio hacia su habitación. Entre horrorizada y excitada, se dio cuenta de que Constantine le pisaba los talones.

—No —susurró ella en su habitación, cuando él cerró la puerta a su espalda y ella sintió el cálido aliento masculino en la garganta.

—Sí —dijo él volviéndola hacia él—. No deberías pasearte por la casa medio desnuda si no quieres que pase esto. Ni tampoco mirarme con esos ojos y temblar con tanto deseo cada vez que te acercas a mí.

Más tarde Laura trató de convencerse de que había hecho todo lo posible para resistirse a él, pero en el fondo sabía que era una rotunda mentira. No hizo nada. Sólo mirarlo, entreabrir los labios y dejar escapar un gemido cuando él se pegó a ella. Después ya fue demasiado tarde. El beso de Constantine era como dinamita, y sus caricias como un fuego cuyo objetivo era prender y hacerla arder de pasión.

–Oh –gimió ella colgándose de sus hombros mientras él la sujetaba por la cintura y la pegaba contra la firme dureza de su erección, que ella lo notaba a través de la tela de los vaqueros.

Sin esperar más, Constantine le deslizó el camisón hacia arriba y esta vez la encontró desnuda y lista para él. Con un gemido de placer, deslizó los dedos entre sus piernas y los hundió en ella. Laura empezó a moverse instintivamente contra la mano que tanto placer le estaba produciendo.

Constantine movía los dedos entre sus piernas mientras la besaba en la boca con una intensidad que la dejó prácticamente sin respiración, en un beso que no quería terminar nunca.

Laura sintió un cambio en su cuerpo: el ritmo de los dedos masculinos cambiaba y se aceleraba sobre su botón más erótico, provocándole una fuerte aceleración de los latidos del corazón, justo antes de hacerla estallar en espasmos contra la mano masculina mientras los incontenibles gemidos de placer escapaban de sus labios. Constantine la silenció con la boca, bebiendo sus gemidos, hasta que por fin el orgasmo terminó.

–Constantine –jadeó ella por fin, con las mejillas encendidas–. Oh, Constantine.

–Quiero hacerte el amor –le susurró él ciegamente

al oído, y tomándole la mano, se la llevó a los vaqueros–. Nota cuánto te deseo.

Y ella lo deseaba a él, pero estaban en pleno día, y
ella tenía responsabilidades mucho más urgentes.

–Ahora no –balbuceó sin fuerza–. Y aquí no. No
podemos. Sabes que no podemos.

Al principio Constantine trató de ignorar la voz de
la razón que se abrió paso a través de la neblina erótica
del deseo, pero al final tuvo que apartarse de ella unos
centímetros para mirarla a la cara.

El corazón le latía tan potentemente que apenas podía pensar, y mucho menos hablar.

–¿Crees que está bien negarme el placer ahora que
tú has tenido el tuyo?

Laura negó con la cabeza.

–¿Crees que puedes seguir provocándome y esperar
que te siga a todas partes como un perrito faldero para
después darme una patada? ¿Que voy a permitir que sigas
rechazándome, y me dejes toda la noche en vela, incapaz
de pegar ojo, pensando únicamente en tu cuerpo? ¿Eso es
lo que haces normalmente con los hombres, Laura?

Ella estaba demasiado ocupada recuperando el aliento para responder.

–¿Es que te gusta provocar a los hombres?

Los labios femeninos temblaban.

–No, no.

–¿Eres de esas mujeres que permiten a un hombre
acariciarla íntimamente para rechazarlo después?

Frustrada, Laura negó con la cabeza, aunque sabía
que en el fondo se estaba comportando como una inocente virgen cuando los dos sabían que no lo era. ¿O lo
hacía porque pensaba que si continuaba resistiéndose a
mantener plenas relaciones sexuales con él Constantine la respetaría?

¿Y qué podía decir de sus deseos? ¿No llevaba ocho años viviendo como una monja? Aunque ningún hombre logró despertar en ella la pasión de Constantine. Sólo él era capaz de ponerla en aquel estado.

–No voy a decir que no te deseo. ¿Cómo podría, si acabo de demostrar lo contrario? –susurró ella–. Pero aquí no. Alex puede volver en cualquier momento de la piscina y venir a buscarme.

–¿Entonces cuándo?

Laura sintió ganas de llorar. Con todo lo que le había costado admitir su deseo por él, Constantine ignoró el significado de sus palabras y lo único que quería era acordar una hora y un lugar. Pero ahora ya no podía volverse atrás.

–Esta noche –susurró ella–. Cuando todos se hayan dormido, y Alex también.

Constantine sintió un cosquilleo de anticipación y buceó en las nubes atormentadas de los ojos femeninos. Rodeándole la cintura con las manos, bajó la cabeza y la besó en los labios, sintiéndola temblar al hacerlo.

–Pasaré el resto del día pensando en ello, *agape mou* –murmuró–. Imaginándote desnuda en mis brazos. Atrapada bajo mi cuerpo mientras te hago mía una y otra vez. Sí, vendré a tu cama esta noche –le acarició los labios temblorosos con un dedo–. Ahora date prisa y vístete antes de que cambie de idea.

Con incredulidad, Laura lo observó salir del dormitorio.

Después de ducharse y vestirse se sintió mucho más tranquila. Encima de la ropa se puso el delantal estampado que le había dado Demetra. No la prenda más elegante, pero ésa tampoco era su función.

Laura contempló su reflejo en el espejo. No tenía

por qué sentirse avergonzada de ser camarera, un trabajo que había hecho con orgullo y profesionalidad en muchas ocasiones. Pero ahora era diferente. Iba a tener que servir al padre de su hijo y fingir que no sentía nada por él.

Cerrando la puerta sin hacer ruido, salió al jardín a buscar a su hijo. Allí lo encontró con Stavros, en la parte menos profunda de la enorme piscina.

—¡Mamá! –gritó el niño al verla–. Mira, Stavros me está enseñando a nadar a braza.

Laura sonrió a la cabeza de rizos morenos que surgió del agua.

—Gracias, Stavros.

El estudiante griego le sonrió e hizo un gesto a Alex para que se acercara a él.

—Me gusta enseñarle, y él es muy buen alumno. Además los niños aprenden muy deprisa.

Alex se acercó hasta el borde de la piscina y miró a su madre con una expresión de total felicidad.

—No te canses mucho, cariño –le dijo ella.

—¡Mamá! –protestó él.

Laura sonrió. Era evidente que su niño se estaba empezando a convertir en un hombrecito.

—¿Has desayunado?

—Sí, con Constantine –el niño sonrió de oreja a oreja–. Hemos comido yogur con miel. Y Constantine me ha llevado a recoger naranjas del árbol y después las hemos exprimido.

Laura lo miró, pensando en lo rápidamente que se estaba adaptando su hijo a la vida allí. Y lo poco que le costaba relacionarse con Constantine.

Una vez más volvió a invadirle el miedo. Miedo de que su hijo se quedará tan prendado con Grecia y el hombre que era su padre que no quisiera volver a Inglaterra, a la vida gris y sin dinero que les esperaba allí.

–Qué bien –logró decir ella–. Bueno, yo tengo que ir a trabajar. Iré a ver a Demetra.

Laura fue hasta la cocina a buscar a Demetra, que parecía haber asumido el papel de una gallina clueca. Primero insistió en que Laura se sentara y desayunara a base de pan con miel y café.

–Estás muy delgada –comentó Demetra–. Una mujer necesita tener fuerzas.

«Dímelo a mí», pensó irónicamente Laura mientras pelaba un melocotón. Porque la fuerza mental era probablemente tan importante o más que la fuerza física, y para eso no bastaban el pan y la miel. Pero le conmovió la amabilidad de la mujer, que la cuidaba como si se tratara de su hija.

Al menos trabajar la ayudó a olvidarse de sus preocupaciones. Demetra le enseñó a preparar hojas de parra rellenas, ensalada griega y un par de postres, una tarta que se empapaba en sirope de limón después de cocida y una especie de pudin con frutos secos, pasas, canela y clavo.

–¿Dónde aprendió a cocinar así, Demetra?

–Oh, he cocinado siempre –respondió la mujer–. Primero para mi marido, y después para vivir. Me quedé viuda cuando Stavros era apenas un niño, y entonces vine aquí a trabajar para la familia Karantinos. Han sido muy buenos conmigo, y el señor Constantine es un buen hombre –añadió–. Solía ir de pesca con mi marido, y cuando murió, se ocupó de pagar el colegio y la universidad a Stavros, y se aseguró de que no le faltara de nada.

Las alabanzas de la mujer a Constantine estuvieron presentes en la mente de Laura el resto de la mañana, y continuaron en su mente cuando empezó a preparar la mesa en la terraza. Pero lo que quería era poder apartarlo de su mente, al menos hasta la noche.

–Podría quedarme aquí todo el día mirándote –murmuró una voz grave entre las sombras.

Laura se volvió en redondo y vio a Constantine que estaba en el otro extremo de la terraza, con sus ojos negros clavados en ella.

Recién duchado, también se había cambiado de ropa. Ahora en lugar de los vaqueros y una camiseta, llevaba unos pantalones de tela oscuros y una camisa de seda. Además se había afeitado.

–¿Cuánto rato llevas ahí? –le acusó ella, con el corazón latiéndole con fuerza.

Constantine echó a andar hacia ella lentamente.

–Lo bastante para ver cómo ese delantal te ciñe maravillosamente la deliciosa curva de las nalgas –murmuró él.

Laura miró preocupada hacia la cocina, temiendo que Demetra los oyera.

–Constantine, por favor, te pueden oír.

–Ah, Laura. ¿No te das cuenta de que ya discutimos como amantes, a pesar de que todavía no lo somos? –fue la respuesta de él–. Por ese placer debo esperar, y no soy un hombre acostumbrado a esperar.

–No, de eso estoy seguro –dijo ella manteniendo una bandeja delante del pecho a modo de escudo.

Constantine bajó la voz hasta que no fue más que una sedosa caricia susurrando sobre su piel.

–¿Sabes que me siento como se debe de sentir un preso, contando los segundos, los minutos y las horas para que llegue el momento de saborear todo tu cuerpo?

Laura tragó saliva.

–Constantine...

–El día entero se extiende ante mí como un elástico que se tensa insoportablemente, cada vez más, hasta que se rompa y entonces podré volver a sentir tus labios en los míos y tu dulce calor acomodando mi cuerpo.

–Calla –susurró ella sintiendo cómo el sensual canto del deseo le aceleraba el ritmo de la sangre en las venas–. Por favor, calla. ¿Cómo esperas si no que me comporte delante de los demás?

–No pensaste en los posibles problemas al concertar una cita erótica con el destino, ¿verdad? –continuó él.

Por supuesto que ella no había contado con verse en aquella situación.

–¿Crees que tu padre me preguntará algo?

–Si lo hace, responde con honestidad –dijo él, poniéndose repentinamente serio–. Si crees que puedes hacerlo.

–Hablas como si me creyeras una mentirosa –dijo ella tratando de descifrar la expresión del rostro masculino, pero habría sido más fácil descifrar la de una estatua.

Constantine negó con la cabeza.

–Aún no tengo muy claro qué eres –dijo en voz baja–, ni cuáles son tus planes.

–¿Quién dice que tengo planes?

–Las mujeres siempre tienen planes, está en su código genético.

–Qué cínico eres, Constantine.

–No, *agape mou* –le contradijo él–. Simplemente soy un hombre muy rico que ha visto todo tipo de ambición encarnado en un cuerpo de mujer. Y tú más que nadie tienes la oportunidad de intentar sacarme todo lo que puedas.

–¿Crees que yo haría algo así? –Laura estaba furiosa.

–Ya te he dicho que todavía no lo tengo claro –respondió él.

Y sin embargo, Laura no había hecho nada de lo que habría esperado de ella. Primero rechazó su proposición de matrimonio, y después insistió en ir a Grecia en calidad de criada. Después de años de evitar comprometerse con algunas de las mujeres más admiradas y deseadas del mundo, Constantine pensó que aquella humilde camarera no desperdiciaría la oportunidad de convertirse en la esposa de un millonario, y sin embargo Laura había hecho precisamente eso, rechazarlo. ¿Por qué? ¿Por principios, o por que era una astuta manipuladora con planes mucho más ambiciosos?

–Ahora, si me disculpas, tengo que hacer algunas llamadas antes de comer –le dijo él con un erótico destello en los ojos–. Y esperar a que llegue la medianoche, para que podamos terminar lo que hemos empezado.

Cuando Constantine se fue, Laura permaneció clavada en el suelo, incapaz de creer que un hombre pudiera pasar tan pronto del deseo a la desconfianza y después de nuevo al deseo en apenas unos minutos. Terminó de poner la mesa y después fue ayudar a Alex a prepararse.

–¿El padre de Constantine es muy mayor? –quiso saber el niño poniéndose una camiseta nueva.

–Creo que sí, cariño, y últimamente no ha estado muy bien de salud, así que debes portarte bien.

Sorprendentemente, Alex se dejó peinar los rizos morenos y cuando Laura terminó se echó hacia atrás y lo miró con ojos llenos de orgullo materno.

–Pero sé que lo harás. Siempre te portas muy bien. Estoy orgullosa de ti.

La mesa estaba preciosa, decorada con varios jarrones de flores blancas y violetas, y Stavros y Alex esperaron sentados hasta que Constantine apareció con su padre. Laura los observó avanzar lentamente por la terraza, el anciano apoyándose en un bastón.

«Qué mayor es», pensó Laura. Seguramente ya habría cumplido los ochenta y cinco años. Lo que significaba que... Que cuando nació Constantine su padre tenía que tener al menos cincuenta años. ¿También su esposa habría sido tan mayor? ¿Por eso había fallecido de una neumonía?

A *Kirios* Karantinos se le veía un hombre frágil, pero también era fácil adivinar lo apuesto que debió ser en su juventud, y Laura no pudo evitar pensar que quizá Alex tendría aquel aspecto al final de su vida. Y Constantine.

También pensó en si ella estaría allí para verlo.

Los ojos negros de mirada apagada la recorrieron de arriba a abajo. ¿Había hecho mal en hacerse pasar por camarera en la casa de aquel anciano?, se preguntó ella con remordimientos. Pero no se estaba haciendo pasar por nada. Ella era camarera, y era mucho mejor que aparecer de repente como la nueva esposa de Constantine, del brazo de un hombre que parecía alternar entre despreciarla y desearla.

Nerviosa, Laura se alisó el delantal.

—Encantada de conocerlo, *Kirios* Karantinos —dijo ella con una ligera reverencia.

—Mi hijo me ha dicho que se conocieron en Inglaterra.

—Sí, señor.

—¿Y que usted le convenció para venir a trabajar aquí en verano?

—Así es. Me pareció una gran oportunidad para dar a mi hijo unas vacaciones al sol del Mediterráneo.

Hubo un breve silencio y después el anciano señaló a Alex.

–¿Éste es su hijo?

–Sí, ése es Alex.

Los ojos apagados se volvieron hacia el niño y por un momento Laura creyó verlos entrecerrarse con un extraño brillo de comprensión. Pero el momento pasó, y lentamente el anciano se sentó y empezó a hacer preguntas a Alex sobre lo que había hecho durante la mañana. El niño, sin sentirse intimidado en absoluto, empezó a hablarle animadamente de la piscina, de las clases de natación y de Stavros. Laura hubiera deseado quedarse a escucharlo, profundamente orgullosa de su comportamiento y satisfecha al verlo tan feliz, pero Constantine levantó la mano para llamar su atención.

Las mejillas le ardieron al sentir la mirada burlona de los ojos negros y oír la arrogancia en el tono de su voz al pedirle que trajera el vino.

«Lo está disfrutando», pensó ella apresurándose a ir a la cocina.

Al volver, tuvo que hacer esfuerzo para no dejarse intimidar por el tono despectivo de su anfitrión, pero no era tan fácil. Cuando él señaló la panera con gesto arrogante, ella sintió ganas de tirársela a la cabeza. O volcarle el cuenco de yogur con pepino encima de los pantalones.

Aunque en realidad Laura estaba tan ocupada sacando y retirando platos y rellenando los vasos de agua y de vino que apenas pudo seguir todo lo que estaba ocurriendo, por mucho que deseara escuchar lo que Alex le estaba contando a su abuelo, ni tampoco de ver si el anciano mostraba algún indicio de reconocer la verdadera identidad del muchacho.

Tampoco era muy agradable servir a su hijo vestida

de camarera. Nunca se había sentido tan fuera de sitio, como si estuviera viendo una obra de teatro como mera espectadora. Como si allí no hubiera lugar para ella.

Aunque sí se percató de la falta de comunicación entre Constantine y su padre. Como si los dos hombres se toleraran, pero no se amaran.

¿Aquél era el modelo que Constantine pensaba proporcionar a su hijo?, se preguntó de súbito.

Afortunadamente Alex parecía sentirse como pez en el agua, y el niño había sufrido una transformación que nunca había visto en él. El niño estaba encantado con las atenciones de todos, de Constantine, de su padre, y también del joven Stavros. Probablemente porque no estaba acostumbrado a estar en compañía de hombres. Por primera vez Laura se dio cuenta de lo limitada que debía de ser su vida, viviendo con dos mujeres en un pequeño apartamento en el piso superior de una panadería de pueblo.

Y durante toda la comida Laura fue consciente de cómo Constantine observaba la situación, con ojos medio entornados, disfrutando con la animada conversación de su hijo. ¿También había sido él así de niño, hablando por los codos y gesticulando expresivamente?, se preguntó ella.

Lo observó pelar una naranja para Alex, y se fijó en los dedos fuertes y largos del hombre al quitar segmentos de la piel de la fruta en forma de pétalos. También se fijó en la forma de los pómulos y en la sensual curva de los labios que esbozaban una leve sonrisa. Lo observó en silencio hasta que de súbito él levantó la cabeza y, al verla mirándolo, alzó el vaso en su dirección. Laura se ruborizó.

–¿Puedes traerme un poco de hielo? –le pidió él.

Con las mejillas encendidas, Laura fue a la cocina sintiendo la mirada del hombre en ella.

Constantine la observó alejarse, observó las sensuales curvas de las nalgas bajo la ropa y una vez más notó cómo se le aceleraban los latidos del corazón y le cosquilleaba de nuevo la entrepierna. ¿Qué tenía aquella mujer tan normal y corriente para despertar un deseo tan intenso en su cuerpo? ¿Sería debido a que era la madre de su hijo? ¿O a que era la única mujer virgen con quien se había acostado? Quizá la deseaba con tanta intensidad únicamente porque ella se empeñaba en rechazarlo una y otra vez. Más importante aún: ¿se apagaría aquel intenso e inexplicable deseo cuando lograra poseerla? Curvó los labios en una sonrisa. Por supuesto que sí. ¡Ninguna mujer lograba atraer su atención más de una noche!

Laura regresó con el hielo y se inclinó para servirle unos cuantos cubitos en el vaso, totalmente consciente del seductor calor que emanaba del cuerpo masculino y de la viril fragancia que le embriagaba los sentidos. ¿Se estaría burlando de ella para sus adentros? ¿Cómo la vería, como una mujer demasiado poca cosa sirviendo la comida con un delantal de flores? ¿Como una madre que se había marginado voluntariamente al ofrecerse a trabajar para él?

¿O quizá era la mirada masculina capaz de ver bajo la superficie y adivinar los sentimientos de aprensión y vulnerabilidad que la envolvían? ¿Se estaría sintiendo triunfal ante lo que ella había aceptado para aquella noche, y que él podría utilizar en su contra?

Laura pensó en todas las promesas vacías que se había hecho: que no sucumbiría a la abrumadora atracción que existía entre ambos, que protegería su corazón evitándole el dolor y la frustración y que procuraría mantenerse lo más alejada posible de él.

Pero al pensar en la cita de medianoche, cerró los ojos y sintió un escalofrío de excitación.

Se mordió el labio y se apresuró a dejar un plato de almendras en la mesa.

Capítulo 9

U N HAZ de luz iluminó el suelo de la habitación a oscuras cuando se abrió la puerta, y Laura contuvo el aliento al ver la silueta alta y formidable de Constantine en el umbral. Quizá si la creía dormida se iría sin hacer ruido, pensó ella. ¿Recordaría que llevaba todo el día trabajando y que necesitaba descansar? ¿Le ahorraría la dura prueba que sin duda abriría la puerta a un dolor profundo e insoportable? Sin embargo, su corazón latía con tanta fuerza que Laura temió que Constantine lo estuviera oyendo desde la puerta.

Una risa grave junto a la cama puso fin a sus vacilaciones.

–¿No esperarás que me crea que estás dormida? –preguntó él.

Laura oyó el ruido de una cremallera, y después la caída de algo al suelo, probablemente sus vaqueros, antes de que una ráfaga de aire le acariciara la piel cuando él apartó a la sábana que cubría su cuerpo y se metió en la cama. Laura tembló al sentir el primer contacto con su piel.

–Estás... desnudo –susurró en un jadeo.

–¿Qué esperabas? –con una naturalidad pasmosa, Constantine la rodeó con sus brazos y la acercó a él–. Oh, ¿es que querías verme hacer un striptease? –bromeó.

–Yo…

Laura se sentía perdida, aunque así era como se sentía muchas veces con él. ¿Acaso no se daba cuenta de que hacía ocho años que no se había acostado con un hombre? Sólo con él. ¿O acaso ella había esperado equivocadamente que él la cortejara, la sedujera lentamente, quizá tomándola tiernamente en sus brazos y diciéndole algunas frases bonitas antes de empezar lentamente a hacerle el amor? ¿Estaba loca?

–Tú, por el contrario, veo que no estás desnuda –murmuró él deslizando la mano por la tela del camisón de algodón que cubría el cuerpo femenino–. La verdad, no puedo creer que te pongas algo tan poco seductor cuando te acuestas con tu amante.

Laura pensó que era la primera vez que se citaba con su amante para hacer el amor, pero no dijo nada. Tampoco Constantine esperaba respuesta. Su pregunta fue simplemente una forma de hablar antes de subirle el camisón hasta la cabeza y quitárselo. Al quedar desnuda Laura se estremeció.

–¿Tienes frío? –murmuró él mientras le acariciaba con los labios la línea de la garganta.

–N…no.

–¿No tendrás miedo?

¿Miedo? Estaba aterrada. ¿O acaso el sexo no era capaz de trastocar las emociones femeninas? Y las suyas iban deslizándose inexorablemente hacia el caos y una terrible sensación de vulnerabilidad.

Pero Laura negó con la cabeza, sin estar dispuesta a admitir miedo, duda, o cualquier otra cosa que pudiera ponerle todavía más en una situación de desventaja o inferioridad.

–Bien –Constantine le apartó unos mechones rubios de la cara con la mano–. Me has hecho esperar mucho para esto, Laura. Demasiado, más que ninguna otra mujer se hubiera atrevido. Me has vuelto medio loco de deseo, lo sabes.

Le tomó la boca con una intensidad tal que todo su cuerpo temblaba, y Laura le rodeó el cuello con los brazos, se colgó de él y lo olvidó todo bajo la fuerza del beso.

Constantine gimió al sentir cómo se abrían los labios femeninos y lo recibían en su interior. Con la mano acarició los senos suaves y firmes y después le recorrió el cuerpo con los dedos, deteniéndose en cada curva y en cada rincón secreto, disfrutando de la sedosa sensación de su piel.

Para él, la espera hasta meterse en su cama había sido casi insoportable, sin duda exacerbada por el hecho de que era la madre de su hijo. Por una vez, lo que sentía no era tan sencillo y directo como la mera lascivia sexual. Ella había cautivado su imaginación además de su deseo, pero en la intensidad del momento todo quedó olvidado, y ahora ella se mostraba tan dócil y entregada bajo su abrazo que Constantine supo que todo iba a suceder muy deprisa. Demasiado.

Y quizá Laura también lo sintió, porque de repente se apartó de él con los ojos muy abiertos.

–¿Anticonceptivo? –susurró.

–¿Tú?

–No… no tengo nada.

Dejando escapar una maldición en griego, Constantine buscó a ciegas los pantalones que había dejado en el suelo hasta que encontró un preservativo y se lo puso. Después volvió a abrazarla.

–Esperemos que esta vez sea más fiable que la anterior –comentó él.

Laura se tensó al escucharlo y trató de apartarse de él.

–¿Cómo se te puede ocurrir decir algo tan detestable?

–¿Quieres cerrar los ojos a la verdad?

–Creo que cada cosa tiene su momento, y ahora ese comentario ha estado totalmente fuera de lugar.

Él esbozó una sonrisa.

–¿Te atreves a regañarme, cariño? –y sin darle tiempo a responder, le alzó la barbilla y la miró con erótica intensidad–. Aunque te atreves a hacer muchas cosas que me sorprenden, Laura. Bueno, ¿dónde estaba? ¿Aquí? –bajó la cabeza hasta que le encontró con la boca el lóbulo de la oreja y le susurró–: ¿O aquí?

Deslizó los labios hacia su boca y sintió el estremecimiento de los labios femeninos. Aquel involuntario estremecimiento lo conmovió más de lo que hubiera imaginado.

Calló con sus besos los gemidos femeninos, a la vez que exploraba su cuerpo con los dedos, encontrando los lugares más vulnerables y excitándola hasta sentirla gemir de impaciente anhelo. Y su excitación le provocó una extraña sensación de intranquilidad.

–¿Siempre te pones así de excitada? –murmuró él.

–¿Y tú? –contraatacó ella.

«No», se dio cuenta él de repente. No, nunca así, pero ella era la única mujer que había llevado a su hijo en su vientre.

–Eso no responde a mi pregunta –dijo él.

No, claro que no, y Laura sabía que no tenía por qué responder, pero su instinto le dijo que a Constantine le gustaría la respuesta.

–Sólo me pongo así contigo –dijo ella, su voz con un tono de timidez sexual–, porque eres el único amante que he tenido.

Hubo una pausa de incredulidad y de repente la potencia de aquella frase lo debilitó por un momento.

–¿El único? –repitió Constantine.

–Sí, y déjalo de una vez, ¿quieres? O me vas a dar complejo.

Constantine dejó escapar un gruñido y se apoderó de su boca. Ella respondió al beso con una pasión incontrolada, y sin reprimirse recorrió con los labios cada centímetro del cuerpo masculino.

Constantine se contuvo hasta que ya no pudo más, y después la acarició una vez más entre el dulce refugio de sus muslos y la sintió estremecerse de placer. Apartando los labios de su boca, Constantine la miró a la cara durante una décima de segundo antes de perderse en ella con un largo gemido de placer.

Sentirlo dentro de su cuerpo después de tanto tiempo le causó un impacto indescriptible, pero Laura apenas tuvo tiempo de detenerse a saborear la sensación de tener a Constantine moviéndose dentro de su cuerpo, penetrándola intensamente no sólo en su cuerpo sino también en su corazón. Porque ella empezó a ascender de nuevo hacia el mismo destino donde él la había llevado por la tarde, cuando él la llevó hasta el orgasmo con los dedos. Pero esto era mucho más intenso y especial.

–¡Oh, Constantine! –exclamó ella, y sintió las lágrimas que se agolpaban bajo las pestañas–. ¡Constantine!

Acallando los gemidos con los labios, Constantine la sintió convulsionarse incontrolablemente bajo él, y los espasmos del cuerpo femenino resultaron el afrodisíaco más potente. Esperó hasta que no pudo esperar más, hasta que el orgasmo se apoderó totalmente de él y no le dejó más remedio que rendirse a él por completo.

Cuando terminó, Constantino tuvo la sensación de que Laura le había arrebatado algo, pero no estaba seguro de qué. Bruscamente se apartó de ella y se tumbó a su lado sobre las sábanas arrugadas, con los ojos clavados en el techo, esperando sus palabras, las palabras que siempre decían las mujeres en momentos como aquél, cuando los hombres estaban en su momento más débil. Palabras de alabanza, de adoración y declaraciones de amor eterno que Constantine había oído infinidad de veces. Sin embargo, Laura no dijo nada.

Volvió la cabeza para mirarla. Laura estaba totalmente inmóvil, con los ojos cerrados y la melena rubia desparramada por la almohada. Estaba tan quieta que podía estar dormida, y la única pista de lo que acababa de suceder era el rastro de las lágrimas secándose en sus mejillas. Tenía que notar su mirada clavada en ella, y sin embargo, ni abrió los ojos ni lo miró.

Lo que facilitaba mucho el siguiente paso, ¿no? Una rápida retirada de su cama y de su habitación, que era lo que tenía planeado desde el principio. Además, él prefería dormir solo.

Entonces, ¿por qué seguía allí, en un estado de dicha absoluta, totalmente relajado y sin que su cuerpo tuviera la menor intención de moverse?

Laura continuaba inmóvil. Tampoco podía pensar. Una y otra vez reprimió palabras y frases que no eran las más adecuadas en las circunstancias. Palabras y frases que expresaban que acostarse con él era una de las cosas más gloriosas que le había pasado nunca, y él también. Palabras para explicarle que había sido una estúpida y una tonta por rechazar su proposición de matrimonio y pedirle que la reconsiderara. Palabras… Pero a medida que sus sentidos recuperaban algo parecido a la normalidad, supo que si quería protegerse tenía que poner distancia entre ambos.

Porque el sexo podía hacerte sentir muy cerca de un hombre; podía crearte todo tipo de fantasías emocionales con él, y eso era lo que ella había estado haciendo, imaginarse enamorada de él.

Pero no debía olvidar que el hombre en cuestión tenía un corazón de piedra. De hecho, la primera reacción de Constantine en cuanto terminaron de hacer el amor fue apartarse de ella. Aunque sólo fuera por orgullo, ella tenía que hacer lo mismo.

–Creo... creo que será mejor que te vayas –sugirió con la voz ronca.

Constantine, que se estaba preparando mentalmente para hacer exactamente eso, la miró incrédulo.

–¿Que me vaya? –repitió.

Ella se atrevió a abrir los ojos y deseó no haberlo hecho, porque a la luz de la luna Constantine era como una maravillosa estatua griega, con la sábana apenas cubriéndole una cadera y el miembro viril.

Laura tragó saliva.

–Bueno, si… Alex podría venir mañana a primera hora y no... no quiero que nos encuentre juntos en la cama.

–Muy admirable por tu parte, Laura –murmuró él, pero por dentro echaba chispas, furioso ante el hecho de que fuera ella quien le echara de su cama, aunque en el fondo sabía que el intento de proteger a su hijo era encomiable.

Tiró de la sábana que le cubría y dejó al descubierto su cada vez más firme erección. De soslayo vio la reacción de los pezones femeninos. La miró a la cara y vio el movimiento de la garganta cuando ella tragó su deseo, y cómo los ojos grises se dirigían irresistiblemente hacia su miembro erecto.

–Aunque si sigues mirándome así, me temo que tendré que cambiar de idea –dijo él con voz pastosa.

La frase quedó suspendida en el aire y Laura notó la repentina tensión de su cuerpo, y entreabrió los labios para humedecérselos con la lengua, a la vez que se movía inquieta en el lecho.

Constantine se volvió hacia ella y bajó la cabeza. Le besó un pezón y después se lo metió en la boca. La oyó contener la respiración y continuó acariciándole entre las piernas. Sin esperar más se puso un preservativo. Un momento más tarde Laura le urgía para que se adentrara en su cuerpo, y en lo que apenas le pareció unos segundos Constantine la sintió convulsionarse de placer en él y él se derramó en ella. Pero en cuanto terminaron los últimos estremecimientos del orgasmo, él se retiró, se levantó de la cama y empezó a vestirse.

–Constantine...

Subiéndose la cremallera del pantalón, Constantine la miró.

–¿Mm?

–Si quieres puedes quedarte –dijo ella en tono cauto–. Siempre y cuando te vayas pronto por la mañana.

¿Acaso lo creía la clase de hombre con quien podía jugar a placer?, pensó él. ¿O quizá estaba empezando a sobrevalorar la atracción que sentía por ella?

Constantine torció el gesto con desprecio.

–Me temo que no, *agape mou*. Alex duerme un par de puertas más allá, y hasta que sepa que soy su padre no creo que sea una buena idea que me encuentre en tu cama. Que duermas bien –añadió en voz baja.

Y salió de la habitación sin decir otra palabra.

Por un momento Laura permaneció sin moverse, mirando la puerta por la que había desaparecido, con el cuerpo saciado de placer, pero el corazón cargado de un dolor insoportable. ¿Acaso había creído que el sexo los uniría más? ¿O que así sabría cómo salir de aquella situación sin causar más dolor, ni a Alex ni ella misma?

Si había sido así, era evidente que se había equivocado. Porque además de toda la pasión había sentido la amargura de Constantine, consciente de que podría arrastrarla hasta un lugar muy lúgubre.

Debió quedarse dormida, porque cuando abrió los ojos se dio cuenta de que ya eran las seis de la mañana. La casa estaba en silencio, y por un momento permaneció en la cama sin moverse, reviviendo la noche anterior y su final, tan horrible como insatisfactorio. Se duchó, se vistió y después de hacer la cama fue hasta la habitación de Alex. Abrió la puerta y asomó la cabeza.

El niño dormía plácidamente, y, con el corazón más aliviado, Laura bajó a la cocina y se preparó un café.

Con la taza en la mano salió al jardín y se acercó a la valla de piedra que daba al mar, desde donde se veía la salida del sol sobre el horizonte. Era un lugar precioso, pensó, y sin embargo parecía tener sus sombras y sus secretos. Aunque quizá era igual en todos los sitios.

Más tarde, mientras preparaba una bandeja de fruta pelada para el desayuno y Demetra amasaba la masa del pan protestando de que ya no había una panadería decente en la isla, Laura escuchó un ruido extraño y levantó la cabeza.

–¿Qué es eso? –preguntó.

–El helicóptero –dijo Demetra encogiéndose de hombros–. Debe ser Constantine, que va a Atenas.

–¿A… a Atenas? –preguntó Laura con la voz temblorosa y el corazón en un puño.

Constantine no tenía obligación de comunicarle sus movimientos, pero tras la noche anterior lo mínimo que podía hacer era pasar a despedirse de ella.

Demetra la observaba con curiosidad, y Laura trató de continuar la conversación en tono convencional.

–Oh, entonces supongo que el piloto vive en la isla.

–Oh, Constantine no necesita piloto –respondió Demetra–. Lo pilota él.

–¿Y… va a Atenas por trabajo?

–Trabajo, sí, y también mujeres –dijo Demetra sonriendo pícaramente–. Acuden a él como las abejas a la miel.

Laura dio un respingo, y sin querer se hizo un corte en el dedo pulgar. Al instante, empezó a brotar una pequeña mancha de sangre roja que enseguida goteó sobre la mesa de madera.

Capítulo 10

TE HAS cortado en el dedo –comentó Constantine en voz baja.

–Oh, no es nada.

–¿Nada? –murmuró él–. Ven, acércate, Déjame ver.

Laura se movió inquieta cuando él le tomó la mano y examinó el dedo. Incluso aquel inocente contacto la hacía temblar.

Constantine había regresado aquel día, después de pasar tres noches en Atenas, y aunque se sintió íntimamente complacida de verlo, no podía evitar sentirse embargada por los celos al pensar lo que podía haber hecho allí.

Estaban sentados al borde del mar, en una playa como nunca se había imaginado, ellos tres solos, Alex, Constantine y ella. Constantine había insistido en que madre e hijo debían conocer mejor la isla, sobre todo aquel día que era oficialmente su día libre.

Alex se había pasado buena parte de la mañana jugando con el espectacular castillo de arena que su padre lo ayudó a construir junto a la orilla, haciendo alarde de una paciencia que conmovió a Laura. Porque era como ver un rayo de sol detrás de una nube negra y tormentosa. Aquél era el Constantine que solía quedar escondido bajo su imagen externa, un Constantine que no solía mostrar a nadie, el Constantine que ella conoció tantos años atrás, y que hacía que fuera tan fácil amarlo.

Acababan de comer unas ensaladas con queso y ahora su hijo dormía plácidamente a la sombra de una roca. A simple vista, parecían una familia normal, aunque para ella era extraño estar en la compañía de un hombre a quien no había visto desde que dejó su habitación tras una noche de amor apasionado.

«Cuando se fue sin decirme adónde ni por qué se iba», se recordó ella.

—¿Cómo te lo has hecho? —preguntó él sin soltarle el dedo.

—Me corté con un cuchillo.

—Qué patosa, Laura.

—Sí.

Laura quería decirle que no la tocara así, aunque no quería aparecer una histérica, porque en principio él sólo le estaba inspeccionando una pequeña herida. Pero el solo contacto le estaba acelerando la respiración de forma incontrolada. Y en realidad, lo que quería era que él la acariciara mucho más, que la tomara entre sus brazos y le diera alguna indicación de que habían sido amantes. Pero ni él la tocó ni ella dijo nada. Después de todo, Alex dormía prácticamente junto a ellos.

—¿Y qué… qué has hecho en Atenas? —preguntó ella de repente, aunque había jurado no hacerlo.

Constantine no respondió enseguida, pero tras un silencio esbozó una sonrisa.

—No creo que sea asunto tuyo —respondió.

Era la respuesta de su peor pesadilla, y con el corazón encogido por el miedo, dirigió una mirada adonde estaba Alex, que continuaba dormido agotado y ajeno a la conversación de sus padres.

—¿Fuiste directamente de mi cama a la de otra mujer? Él la miró burlón.

–¿Por qué lo preguntas? ¿Es lo que haces tú normalmente?

Laura apretó los puños.

–¡Sabes perfectamente que eres el único hombre con el que me he acostado!

Al oírlo por segunda vez, Constantine sintió que se le aceleraba el corazón y tomaba un ritmo triunfal. Después de todo era griego, y habría mentido si no hubiera reconocido que aquellas palabras le llegaban hasta la última fibra de su ser, pero no pensaba dejárselo ver.

–Ah, si yo pudiera decir lo mismo, *agape mou* –suspiró.

A Laura se le llenaron los ojos de lágrimas.

–¿Por qué te gusta tanto hacerme daño? –quiso saber, y al instante se dio cuenta de lo vulnerable que sonaba.

Pero Constantine no pareció percatarse.

–¿No crees que el dolor es una parte inevitable de una relación? –preguntó él con un encogimiento de hombros–. ¿De todas las relaciones?

Laura no desaprovechó la oportunidad.

–¿Eso es lo que te pasó a ti, Constantine? ¿Que alguien te hizo daño?

–He visto cómo las mujeres pueden herir y manipular, sí.

–¿Te refieres a novias, quieres decir?

–No, novias no –respondió él con desprecio.

–¿Tu madre? –se aventuró ella, recordando la tensión en su rostro cuando la mencionó.

Constantine se encogió de hombros, a modo de afirmación, pero no se molestó en responder con la esperanza de que ella pillara la indirecta y dejara de interrogarlo.

–¿Qué ocurrió?

¿Es que no se daba cuenta de que no quería que continuara preguntándole? ¿Que había cosas que era mejor no tocar?

–Lo que ocurrió ocurrió hace mucho tiempo –le espetó él–. Así que olvídalo.

Laura se inclinó hacia él.

–Pero no quiero olvidarlo. Estamos hablando de la abuela de Alex, y algún día es posible que él quiera saber. Dímelo, Constantine, por favor.

Quizá fue su voz, la petición de que se sincerara con ella, lo que despertó en él la necesidad de responder, de confiarle cosas que nunca había contado a nadie. Él era un hombre que no hacía confidencias, que era el fuerte pilar donde se apoyaban los demás, pero ahora las palabras empezaron a salir de su boca como un arroyo de sucio veneno.

–Era mucho más joven que mi padre. Una belleza frágil que lo encandiló y lo embrujó, y como él tenía casi cincuenta años cuando se casaron, la juventud y la belleza de mi madre lo envolvió como un huracán –empezó él–. Cuando un hombre no ha conocido nunca antes la pasión, ésta puede apoderarse de él como una fiebre y dominarlo por completo –Constantine se encogió de hombros–. Lo dejó todo a un lado para ir detrás de un amor que ella era incapaz de sentir por él, aunque la verdad es que mi madre era incapaz de amar a nadie que no fuera a sí misma.

–¿Tampoco a ti? –preguntó Laura.

La pregunta cayó como una bomba en el tumulto de sus pensamientos, pero Constantine ya no podía parar.

–Tampoco a mí –respondió él, y reconocerlo fue como un martillazo, un reconocimiento casi vergonzoso de que el vínculo fundamental entre madre e hijo no había existido en su caso.

–Era una de esas personas que no parecían de este mundo, demasiado fantasiosa y frágil, y no se cuidaba nada –continuó él–. Estaba siempre de fiesta, y en vez de comer bebía, en vez de respirar el aire puro de Grecia fumaba, y cuando murió, el encantamiento no terminó, porque mi padre se desmoronó por completo. Se convirtió en uno de esos hombres obsesionados por un fantasma viviendo en el pasado, un pasado que en realidad sólo existía en su imaginación. Entonces fue cuando tome las riendas de la naviera, y me di cuenta en qué pésimo estado estaba.

Laura contemplaba las facciones duras, transformadas ahora en una máscara endurecida por el dolor y los recuerdos. Ni siquiera había podido contar con su padre, lo que explicaba la falta de relación entre ellos.

–Lo siento muchísimo –dijo ella.

Él se volvió furioso con ella, pero más consigo mismo, por haber desnudado con ella alguno de los secretos más oscuros de su alma.

–No quiero tu compasión –dijo él.

–Pero creo que...

–Y tampoco quiero tus consejos, por muy bien intencionados que sean. Eres una mujer de extracto humilde que no sabe nada de esta vida de privilegios y dinero en la que has entrado únicamente porque eres la madre de mi hijo. Y harás bien en recordar cuál es tu lugar aquí.

Laura se puso las gafas de sol para evitar que Constantine viera las lágrimas que se agolpaban en sus ojos. Tenía que recordar su lugar, sí. Pero, ¿por qué quería humillarla de aquella manera, decirle eso con tanto veneno? Quizá porque no le gustaban las mujeres, pensó, y aunque era fácil entender el motivo, eso no cambiaría nunca. Ella no podría cambiarlo.

Vio cómo Alex se agitaba ligeramente, y pensó que sus palabras lo habían despertado. Aunque en realidad lo que sintió fue alivio al pensar que no tendría que seguir soportando los crueles comentarios de Constantine, y que se protegería de él manteniéndose lo más lejos posible.

–Creo que a la vista de lo que se acaba de decir aquí, debemos evitarnos el uno al otro durante mi estancia en la isla –susurró ella.

Constantine entrecerró los ojos.

–¿Estás loca? –preguntó, y sin aviso le apoyó una mano abierta en el muslo y observó triunfal cómo los labios femeninos se entreabrían involuntariamente–. No veo por qué no podemos disfrutar de la única cosa satisfactoria que hay entre un hombre y una mujer. Y para que lo sepas, en Atenas no he hecho más que trabajar. No ha habido ninguna otra mujer –sus ojos negros brillaron como los de un depredador–. Si he de ser totalmente franco, te diré que tu pasión me ha dejado incapaz de pensar en otra mujer que no seas tú.

–¿Y debo sentirme halagada? –preguntó ella amargamente.

–Creo que deberías –murmuró él.

Pero Laura ya se estaba poniendo en pie y recogiendo la cesta de la comida.

–¿Y Laura? –la llamó él.

Ella lo miró, y supo por el tono acelerado de su voz que lo que iba a decirle iba a ser más importante que su atracción sexual.

–¿Qué?

–Creo que ya es hora de que le digamos a Alex quién soy en realidad.

Laura se mordió el labio. Sabía que aquello llegaría tarde o temprano, pero no lo esperaba tan pronto. Aunque, ¿para qué retrasarlo más? Que Alex lo supiera le daría la oportunidad de estrechar la relación con su padre.

–¿Y tu padre? –dijo ella–. También tiene que saberlo. No le podemos pedir a Alex que guarde el secreto.

Al final, el momento de decírselo a Alex llegó con toda naturalidad aquella misma tarde, cuando los tres estaban sentados en la plaza mayor de Livinos. Alex estaba tomando un helado, y parecía que todos los habitantes de la isla que pasaban por allí se acercaban a saludarlo y a alborotarle los rizos morenos.

–¿Por qué todos me tocan la cabeza? –preguntó el niño divertido–. ¿Y qué es lo que te dicen en griego, Constantine?

–En general, a los griegos les encantan los niños –dijo Constantine–. Los mayores dicen que eres idéntico a mí cuando tenía tu edad –añadió.

–¿Y lo soy?

Hubo un breve silencio.

–Ya lo creo que sí –dijo Constantine, y después miró a Laura. Ésta asintió con un leve movimiento de cabeza–. ¿Te imaginas por qué puede ser?

Alex no respondió enseguida. Primero miró a Constantine, después a ella y después otra vez a Constantine. Clavó los ojos negros en la cara de su padre, con una tensa expresión de esperanza y anhelo en la mirada y en las facciones.

–¿Eres mi padre? –preguntó.

Por un momento Constantine se quedó sin palabras. Cuando por fin logró tragarse el nudo que se le hizo en la garganta, respiró profundamente para tranquilizarse y recuperar el habla.

–Sí, lo soy –dijo por fin emocionado.

En aquel momento no hubo ninguna escena dramática del niño que se arroja al regazo de su padre como en las películas, pero cuando regresaron caminando hacia la casa, Laura vio que los dedos de Alex buscaron la mano del hombre que caminaba a su lado. Y que Constantine tomó la mano de su hijo y la sujetó con fuerza, sin dejar de mirar al frente y parpadeando furiosamente, como si se le hubiera metido una brizna en el ojo.

Aquella tarde, Constantine, con Laura nerviosa a su lado, le dijo a su padre que la familia Karantinos tenía un heredero, y que él tenía un nieto.

El anciano miró largamente a su hijo y después soltó una risa.

–¿Crees que no lo había imaginado? –le preguntó–. ¿Creías que podías traer a un niño a esta casa con la excusa de que su madre y él necesitan unas vacaciones, un niño que es idéntico a ti a su edad, y que yo no iba a darme cuenta de que era tu hijo?

Laura vio al anciano dar un paso hacia adelante, y en silencio deseó que los dos hombres se abrazaran, que trataran de borrar parte del dolor y la amargura que se había erigido entre ellos. Pero Constantine retrocedió un paso, de forma tan sutil que a muchos se les hubiera pasado por alto. Pero no a Laura.

«Maldito seas, Constantine», pensó enfurecida. «Maldito seas por ser incapaz de perdonar y olvidar».

Y a su padre tampoco. El anciano se recuperó al instante y se volvió a mirar a Laura.

–Has criado un buen hijo, querida. Un hijo feliz y contento del que debes sentirte orgullosa.

–Gracias –balbuceó Laura–. Quizá le parezca extraño que hayamos mantenido el secreto, pero...

El anciano Karantinos negó con la cabeza.

–Entiendo que las circunstancias hayan podido ser difíciles –dijo comprensivo–. Y Alex, ¿se ha alegrado de la noticia?

–Está encantado –le aseguró Laura.

De hecho, para Alex todo era Constantine esto, Constantine lo otro. Su padre se había convertido prácticamente en el centro de su universo, y Laura se había dado cuenta de lo mucho que su hijo necesitaba una figura paterna en su vida.

–¡Tenemos que dar una fiesta para celebrarlo! –anuncio de repente el anciano Karantinos con una vitalidad sorprendente–. Podemos invitar a gente de la península, hace mucho que no damos una gran fiesta.

Ante la sorpresa de Laura, Constantine asintió.

–¿Por qué no? –preguntó con un encogimiento de hombros.

Laura les dio la espalda antes de que ninguno de los dos se diera cuenta del conflicto de emociones en su cara. Principalmente miedo. Ella quería que su hijo estableciera una estrecha relación con su padre y con su abuelo, pero ahora empezaba a preocuparle el futuro. ¿Cómo les afectaría cuando ella se llevara a su hijo de vuelta a Inglaterra al final de las vacaciones? ¿Cómo afectaría al pequeño dejar atrás una vida llena de sol y de lujos para volver a su vida triste y aburrida en Inglaterra?

Capítulo 11

QUÉ demonios estás haciendo? –preguntó Constantine entrando en la cocina.

–¿A ti qué te parece? –respondió ella, viéndose en la incongruente situación de tener que fingir normalidad con él, más aún después de haberse movido apasionadamente bajo su cuerpo la noche anterior.

Apartando los eróticos recuerdos de su mente, Laura colocó otra aceituna sobre uno de los canapés de queso feta para no tener que mirar la burlona distracción de sus ojos negros.

–Laura, deja eso de una vez y mírame.

Laura obedeció, sabiendo que si no quería crear un altercado no tenía otra opción.

–¿Qué?

–¿Por qué...? –Constantine respiró profundamente–. ¿Por qué estás trabajando en la cocina?

–Porque los dos quedamos que ése sería mi papel aquí.

–No, Laura –dijo él en tono cansado–. Tú insististe y a mí no me quedó otro remedio que aceptar.

–Eso debió ser la primera vez –repuso ella seria.

Muy a su pesar, los labios masculinos se curvaron.

–Muy probable –reconoció él–. No quiero que continúes haciendo este tipo de trabajo en la casa, y mi padre tampoco. Eres la madre de Alex, y en la fiesta de esta noche serás presentada a los habitantes de Livinos como tal, no sirviendo bandejas de canapés a los invitados.

–¿Pero no…? –empezó Laura, nerviosa ante la idea de presentarse ante los amigos y vecinos de los Karantinos como la madre de su heredero.

–¿Pero no qué?

–¿No les parecerá extraño? La gente querrá saber por qué he estado trabajando aquí y de repente me presento como la madre misteriosa. Hasta Demetra se muere de ganas de preguntar, pero siente tanta lealtad por ti y por tu padre que no se atreve.

–Me importa un bledo lo que piense la gente –respondió él–. Lo único que importa es lo que pienso yo.

–Si supieras lo arrogante que suenas…

Los ojos masculinos brillaron con un destello de deseo.

–Anoche cuando te dije que te desnudaras no pareció molestarte mi arrogancia. Más aún, me dijiste que no habías estado tan excitada en la vida –le recordó él.

Laura se ruborizó. Era cierto, pero las características que funcionaban bien en la cama no siempre funcionaban en la vida cotidiana.

–Oh, vale –dijo queriendo cambiar de conversación–. Iré a la fiesta, si insistes.

Qué ironía, pensó él, que ella aceptara como si le hiciera un favor, cuando todas las mujeres que conocía hubieran hecho lo imposible por conseguir una invitación y colgarse de su brazo.

–Necesitarás algo de ropa.

Laura se tensó.

–¿Qué tiene de malo mi ropa? –preguntó poniéndose a la defensiva–. ¿Demasiado humilde y pueblerina para la familia Karantinos? ¿Es eso?

–Francamente, querida, sí –dijo él, y sonrió burlón

al verla a dar un paso furioso hacia él–. Eso, inténtalo
–murmuró–. Venga, Laura. Clávame un dedo en el pecho y los dos sabemos lo que pasará. Pero no pasará,
porque no podemos, porque Alex está jugando al aje-
drez con mi padre al final del pasillo y Demetra está
con la mitad de las mujeres del pueblo preparando pan
para la fiesta. Por eso no voy a poder hacerte el amor
aquí en la cocina, ni junto a la piscina, ni en ningún
otro sitio –hizo una pausa y sonrió–. Así que a lo mejor
se te pasa la indignación cuando te hable de los vestidos que te he traído.

–¿Me… me has traído vestidos? –repitió ella, sin
comprender.

–Cuando estuve en Atenas tuve la oportunidad de
comprar unos cuantos. Sabía que esta situación llegaría tarde o temprano, y que tú necesitarías los acceso-
rios necesarios para representar el papel de una verdadera Karantinos.

El corazón de Laura se rebeló de rabia, vergüenza y
dolor. ¿O sea que estaba representando un papel? Al
menos eso era lo que hacía a ojos del Constantine.

¡El muy cerdo!

–Muy amable de tu parte –dijo ella burlona, y lo vio
fruncir el ceño–. Iré a verlos.

–No, ahora no –dijo él tomándole suavemente por
la muñeca, llevándose la mano a los labios y susurrando sobre la sedosa piel del dorso.

El fugaz contacto la debilitó, y Laura se balanceó y
cerró los ojos.

–No –susurró–. Tú mismo acabas de decir que la
casa está llena de gente.

–Y por eso vamos a dar una vuelta.

Laura tragó saliva.

–Alex...

–Está bien con mi padre. Ahora, quítate ese odioso delantal y vámonos.

Minutos más tarde zigzagueaban por la desierta carretera que bordeaba la costa de la isla en un descapotable gris metálico que ella no había visto hasta entonces.

–¿Dónde vamos exactamente? –preguntó.

–Enseguida lo verás.

Con el viento en la cara, Laura se sentía ridículamente animada.

–De repente te has convertido en un hombre de misterio.

–Si eso es lo que quieres que sea –dijo él sonriéndole.

El destino resultó ser una preciosa casa de piedra junto a una playa desierta, pero apenas repararon en su belleza porque nada más entrar por la puerta de la casa Constantine empezó a besarla y a bajarle la cremallera del vestido.

–¿No vas a… enseñarme la casa? –preguntó ella conteniendo un jadeo.

–No, Laura. Enséñame tu cuerpo –dijo él cerrando los ojos y acariciándole el pecho–. Enséñame tu cuerpo por dentro, porque es el único lugar donde quiero estar.

Aquellas palabras no hicieron más que alimentar el frenético deseo de Laura. Medio desnudos, cayeron al suelo de mármol. La superficie fría contrastaba perfectamente con el cuerpo caliente que la cubrió, y sus jadeos de éxtasis se convirtieron en gritos estremecidos que rasgaban el silencio.

Más tarde, cubiertos por una fina capa de sudor que se secaba sobre la piel, permanecieron un rato tumbados y Constantine le acarició el pelo con la mano.

–¿Tienes calor?

–Muchísimo.

–¿Te apetece darte un baño? –preguntó él.

Ella se desperezó en sus brazos y bostezó.

–No he traído bañador.

Constantine le puso una mano en las nalgas desnudas y se echó a reír.

–¿Quién ha dicho que lo necesites? Aquí puedes nadar desnuda. Es una playa privada y no nos verá ni un alma –le aseguró–. Por eso te he traído aquí. Para ver tu cuerpo a la luz del día, porque estoy cansado de tener que portarme como un furtivo, colándome de noche en tu dormitorio como si estuviéramos cometiendo un delito. Quiero tener la libertad de gritar cuando llego al clímax, y verte a ti también alcanzar el orgasmo. Quiero verte caminar sin trabas ni restricciones. Quiero hacerte el amor, Laura –añadió con la voz pastosa–. Quiero hacerte el amor todo el día, hasta que nuestros cuerpos queden exhaustos y nuestro deseo saciado.

No era la declaración más romántica del mundo, pero reflejaba el mismo deseo que Laura sentía por él. Con su cuerpo podía mostrarle toda su pasión, incluso si su corazón y sus labios no podían expresarlo con palabras. Podía amarlo con sus labios sin necesidad de hablar, pensó. Y Constantine tenía razón, la libertad de no poner límites ni restricciones al placer era embriagadora...

El sol todavía brillaba en el cielo cuando regresaron a casa. Laura intentó decirse que estaban demasiado agotados para hablar, pero era más que eso. Su cabeza no paraba de dar vueltas a un sinfín de cosas.

Constantine había mantenido su promesa de hacerle el amor hasta quedar ambos exhaustos. Le había hecho el amor en la playa, y después la llevó al agua para lavarle la arena que se le había pegado a la piel. Pero el lavado despertó de nuevo su pasión, y al final la pegó contra él y dejó que la espuma de las olas cubriera deliciosamente su desnudez. Con el cuerpo resbaladizo y salado, Laura le dejó que le separara las piernas bajo el agua y lo sintió entrar en ella una vez más bajo las olas. Y Constantine no se había equivocado en eso tampoco, la libertad de hacer el amor sin preocuparse de que alguien pudiera verlos u oírlos era profundamente embriagadora.

Laura pensó en la fiesta que se avecinaba, y que hasta hacía poco la hubiera aterrorizado. Pero eso fue antes del viaje a Livinos, un viaje en el que había aprendido tanto de sí misma como de la vida en Grecia.

El viaje le había enseñado que amaba al hombre sentado a su lado, a pesar de que su corazón había sufrido tanto en su infancia que parecía no poder curarse nunca. Lo amaba porque era el padre de Alex, pero tenía la sospecha de que lo amaba desde que lo conoció, cuando le entregó su virginidad aquella lejana noche de verano.

Volvió la cabeza hacia el perfil fuerte y masculino mientras él continuaba conduciendo. El viento le movía los rizos negros y las gafas oscuras le protegían los ojos del sol, e impedía que ella descifrara su mirada.

Pero, ¿a quién quería engañar? Los ojos negros de Constantine eran prácticamente indescifrables, al igual que él. Por mucho que le comprara ropa sofisticada para que no le dejara en ridículo en una gran fiesta, era incapaz de darle su amor y su corazón, incluso aunque quisiera. Tenía el corazón helado desde hacía mucho tiempo.

De regreso en la casa, se separaron sin un beso ni un abrazo, sólo un breve destello en los ojos masculinos sirvió para recordarle lo que habían compartido aquella tarde.

–Te veré luego –dijo él, y le dio la espalda antes de sentirse tentado a besarla otra vez.

Laura lo observó marcharse. Quizá para él no había sido más que una tarde de sexo increíble, pensó. Seguramente Constantine no estaría recordando cada maravilloso segundo que habían pasado juntos, como ella.

Salió a buscar a Alex, que estaba jugando al tenis con Stavros.

Al verla, el niño la saludó con el brazo, y continúo jugando, queriendo desesperadamente demostrar a su madre lo mucho que había aprendido.

Le encantaban los deportes, pensó ella con ternura, observándolo desde el lateral de la cancha de tenis. Alex también había sentido la influencia de Grecia durante su estancia, y Laura se preguntó si podría soportar dejar aquel paraíso y volver a la vida tan distinta que conocía en Inglaterra. De una cosa estaba segura: ahora era un niño mucho más seguro y sus compañeros de colegio no se atreverían a meterse con él.

Regresó a su dormitorio y, después de ducharse y ponerse unos vaqueros y una camiseta, repasó las prendas que Constantine le había comprado, prendas que alguien había colgado en su armario durante su ausencia.

Eran prendas en los tejidos más exclusivos: de seda, de cachemir, de organza; vestidos de noche que, por increíble que pareciera, le quedaban como un guante. Laura se puso uno de color verde esmeralda y giró delante del espejo. Aunque quizá no fuera tan increíble, porque Constantine era de los hombres que parecía conocer mejor el cuerpo de una mujer que ella misma.

Pero Laura no sabía nada de arreglarse para una fiesta. Nunca había tenido el tiempo, el dinero ni la oportunidad, y de repente se dio cuenta de que necesitaba consejo y decidió llamar a su hermana Sarah, con la que no había hablado desde su llegada, y a la que echaba de menos.

Fue a buscar a Constantine, pero no lo encontró. En el estudio, leyendo un libro, estaba su padre. Éste levantó la cabeza cuando la oyó dar unos golpecitos en la puerta.

–¿Impaciente por la fiesta? –preguntó con una sonrisa.

–No sé muy bien qué ponerme –reconoció ella–, y estaba pensando si podría usar el teléfono para llamar a mi hermana Sarah, a Inglaterra. Tengo un móvil pero…

El hombre esbozó una sonrisa, señaló el teléfono de su escritorio y empezó a levantarse.

–Por favor, no digas nada más, pasa. Puedes usar el teléfono cuando quieras, querida –la sonrisa del anciano se hizo más amplia–. Es evidente que Constantine no ha terminado con una mujer materialista.

Laura quiso decirle que Constantine no había terminado con ella para nada.

–Gracias, pero puedo llamar desde otra habitación. No quiero echarle de su estudio.

–De todos modos ya me iba –dijo el anciano. La miró con expresión pensativa–. Me preguntaba cuáles serían tus planes para el futuro –preguntó–. ¿O quizá no deba preguntar?

Laura titubeó, consciente de que no debía confiar en el padre de Constantine, para evitar el riesgo de que el hijo se lo tomara como una traición.

–Todavía no hemos hecho ningún plan –respondió ella.

–Eres la mujer que él necesita –dijo el anciano de repente.

–No…

–Sí. Lo eres. Tu cercanía le hace mucho bien –continuó el hombre mirándola con dolor en los ojos–. Mucho más que la mía o la de su madre.

–No creo...

–Yo fui un mal padre, un pésimo padre –la interrumpió el anciano–. Lo sé. Soy consciente de ello. Yo adoraba a su madre, estaba totalmente obsesionado con ella, y no pensaba en nada más. Me cautivó con su belleza y su juventud, y yo estaba totalmente entregado a ella –hizo una pausa–. Esa clase de amor es peligroso. Es un amor ciego, y eso significa que era incapaz de distinguir entre la fantasía y la realidad. Lo malo fue que además había un niño a quien apenas le prestamos atención, nosotros, que éramos las dos personas que tenían que haberle cuidado y velado por él –el anciano se estremeció–. Los dos lo dejamos de lado.

El corazón de Laura sangraba por aquel niño que no había conocido el amor de sus padres.

–¿Ha… ha intentado explicárselo alguna vez? –se aventuró ella a preguntar con cautela–. ¿Decirle que lo siente, pedirle perdón?

–Lo he intentado un millón de veces –reconoció el hombre–. Pero mi hijo es un hombre orgulloso que sólo oye lo que quiere oír, y para quien revisar el pasado es demasiado doloroso. Perdóname, Laura, porque no deseo hablar mal de mi hijo. Lo quiero –le tembló la voz–, y soy un anciano.

Laura comprendió el verdadero significado de sus palabras. Probablemente no le quedaba mucho tiempo de vida, y quizá no tuviera tiempo para resolver el doloroso pasado y evitar que extendiera sus venenosos tentáculos hacia el futuro.

El anciano le dio un breve apretón en el brazo y después salió del estudio. Laura permaneció junto a la ventana, contemplando el hermoso día, con el corazón destrozado al pensar que la terrible distancia entre los dos hombres quizá no se salvara nunca.

Pero ella estaba allí para hablar con Sarah. Sacudió la cabeza y se acercó a la mesa. Marcó el número de Inglaterra y su hermana respondió con una alegría nueva en la voz.

–La chica que Constantine contrató para trabajar en la panadería es encantadora –le aseguró, y bajando la voz añadió–: y tiene un primo, que se llama Matthius y que es… ¡guapísimo! –exclamó.

Consciente del coste de la llamada, Laura la interrumpió.

–Sarah, tienes que aconsejarme sobre qué ponerme para una fiesta –le dijo.

Después de darle una breve descripción de los vestidos que le había traído Constantine de Atenas, Sarah no tardó en tener claro lo que debía hacer. Primero recogerse el pelo en un moño.

–Porque a veces cuando te lo lavas se te queda como una nube y terminas pareciéndote a Alicia en el País de las Maravillas.

Y después debía elegir el vestido más ceñido.

–¿Porque de qué sirve tener un cuerpo fantástico si nunca lo enseñas?

Aquella noche antes de la fiesta, las manos de Laura le temblaban mientras se daba una segunda capa de rímel en las pestañas. No recordaba haberse sentido nunca tan nerviosa antes de una fiesta, pero quizá no debía extrañarle.

Miró su reflejo en el espejo, y por un momento tuvo la sensación de estar mirando a una desconocida. Una desconocida esbelta y sofisticada con un elegante vestido de noche.

Oyó unos golpecitos en la puerta y se volvió.

Era Constantine, de pie en el umbral, mirándola de arriba abajo con una expresión indescifrable.

Nerviosa, Laura tragó saliva.

–¿Te... te gusta?

–No estoy seguro –dijo él.

–¡Pero lo has comprado tú! ¡Tú eras el que quería que me pusiera algo así! –protestó ella con los nervios a flor de piel.

–Lo sé –dijo él.

Pero él no había esperado una transformación tan absoluta y espectacular. El satén azul moldeaba perfectamente las curvas femeninas y marcaba sutilmente la sensual forma de los senos. Su piel resplandecía suavemente bronceada, y llevaba el pelo recogido en un moño, con un par de rizos recalcitrantes enmarcándole la cara como oro líquido.

¡Y su cara! Normalmente Laura apenas usaba maquillaje, pero aquella noche la sombra oscura de los ojos y el brillo en los labios le daban el aspecto seductor y misterioso de una sirena. Cualquier hombre la desearía al verla, pensó Constantine, y casi se arrepintió de haber elegido aquel vestido que no hacía más que realzar su figura y su belleza.

–¿Te gusta? –repitió Laura, medio tentada a arrancárselo del cuerpo y ponerse el vestido estampado que había traído de Inglaterra.

–Estás bellísima –dijo él sin alzar la voz. Se metió la mano en el bolsillo y sacó una cajita de piel–. Será mejor que te pongas esto.

–¿Qué es?

Constantine abrió la caja. En el interior, un collar de diamantes y un par de pendientes a juego.

–No puedo ponerme eso –susurró ella.

–¿Por qué no?

–¿Y si los pierdo?

–Tranquila, está asegurado –dijo él poniéndole el collar alrededor del cuello. Cuando lo hubo cerrado, añadió–: Ponte los pendientes, Laura.

Ella obedeció con dedos temblorosos. El peinado complementaba a la perfección los largos pendientes de diamantes.

–Perfecta –dijo él en voz baja–. Ahora sí que pareces una auténtica Karantinos.

Pero mientras caminaban juntos hacia las luces que iluminaban la terraza y los jardines donde iba a celebrarse la fiesta de presentación en sociedad de Alex, Laura se sintió como un poni preparado para competir en un concurso, con la crin trenzada y adornada con cintas a las que no estaba acostumbrada.

Era una impostora, se dijo. Un fraude. Por fuera mostraba la seguridad, el aplomo y las riquezas propias de la madre del hijo de Constantine, ¿pero por dentro? Por dentro se sentía como el corcho de una botella perdido en la inmensidad del océano y arrastrado por las olas de un lugar a otro, sin ningún control.

La fiesta tenía todos los elementos para ser un éxito, y los invitados estaban resueltos a disfrutar de la legendaria hospitalidad de los Karantinos. La temperatura era perfecta, los vinos más caros llenaban las copas, y las mujeres de la aldea se habían superado a sí mismas con la comida. Pero una parte de Laura deseó poder esconderse tras el anonimato de un uniforme de camarera, en lugar de verse sometida a las miradas curiosas de las mujeres de la isla e, incluso más intimidador, de las sofisticadas bellezas que habían llegado desde Atenas. Ninguna de las elegantes mujeres se molestó en ocultar su sorpresa al ser presentadas a Laura, y ninguna tampoco se abstuvo de coquetear abiertamente con Constantine.

Aunque quizá tampoco podía reprocharles nada, porque Constantine era el centro de todas las miradas. Ningún otro hombre tenía su atractivo, y él destacaba con su estatura por encima de todos los demás. El pelo negro contrastaba con la blancura del esmoquin que llevaba, que resaltaba aún más la fuerza y la potencia de su físico. Alex apenas se apartaba de él, y Laura lo oyó una y otra vez presentarlo como «mi hijo».

«Mi hijo también», pensó amargamente, avergonzada por la sensación de celos y miedo que se estaba apoderando de ella irremisiblemente.

Porque al ver a todo el mundo reunido allí aquella noche Laura se dio realmente cuenta del alcance del poder de influencia de Constantine, y no sólo en su Grecia natal. ¡Incluso un arquitecto de fama internacional había volado especialmente desde Nueva York para asistir a la fiesta!

Pero Laura sabía cómo comportarse. Sabía que la mejor manera de ocultar sus sentimientos era disimular los nervios y preocupaciones bajo una gran sonrisa. Y debía de estar consiguiéndolo, porque varios hombres se acercaron a ella y se mostraron encantadores con ella.

El brindis, a la salud, la felicidad y la continuación del linaje Karantinos, no se retrasó mucho, para que el padre de Constantine pudiera retirarse temprano. El anciano parecía exhausto, pensó Laura, y lo acompañó de vuelta a la casa, en parte por que le gustaba su compañía y quería asegurarse de que llegara bien a su dormitorio, en parte para disfrutar de un descanso de la continua sensación de ser observada por los demás invitados.

Más tarde consiguió llevar a Alex a la cama antes de medianoche. Todavía no había terminado de taparlo cuando se dio cuenta de que el niño ya estaba dormido. Era muy tarde, pensó. Demasiado tarde para volver, y ella también estaba agotada. Tanto sonreír e intentar no parecer una mujer normal y corriente que se había metido en la vida de un multimillonario griego quedándose embarazada de él la había dejado totalmente exhausta.

Por eso fue a su dormitorio, se dio una ducha y se metió en la cama, medio esperando que Constantine no acudiera a su lecho después y medio rezando para que lo hiciera. ¿Acaso era incapaz de desprenderse de aquella terrible sensación de inseguridad en el cálido refugio de sus brazos? ¿De olvidar la vida y todos sus problemas y dejarse llevar por el placer de estar con él? Aunque esas sensaciones se abalanzaran de nuevo sobre ella en cuanto él se fuera.

La puerta se abrió y Constantine permaneció allí unos momentos, sin moverse, mirando en silencio hacia la cama. Después entró en el dormitorio y cerró la puerta.

—Hola —dijo ella, sentándose en la cama y sintiéndose como una tonta.

—¿Puedes levantarte y ponerte una bata? —preguntó él con voz distante y tensa.

—Claro.

Laura intentó ver en su rostro alguna indicación de lo que ocurría, pero casi deseó no haberlo hecho. Porque resultó una cruel repetición de aquella imagen, tantos años atrás, cuando ella lo miró a los ojos después de hacer el amor con él y no vio nada.

Nada en absoluto.

Capítulo 12

OCURRE... algo? –preguntó Laura.
Constantine le dio la espalda. La bata de seda le llegaba por encima de la rodilla, y aunque no tenía nada de indecente, tampoco lograba disimular las curvas de su cuerpo, y él no quería verse distraído por eso. Al menos todavía no.

– No, no ocurre nada –dijo él–. ¿Por qué no te sientas? –le invitó señalando el banco tapizado bajo la ventana.

Laura obedeció, sin entender por qué le hablaba en un tono tan extraño. Y por qué no la había besado todavía.

–¿Por qué estás así? –preguntó ella sin entender.

–A lo mejor porque me gustaría saber por qué te has ido de la fiesta sin despedirte de nuestros invitados.

–Porque no eran mis invitados, eran los tuyos –respondió ella–. No han venido a verme a mí, sino a ti, y a tu padre, y a tu hijo. Yo sólo despertaba cierta curiosidad por ser la mujer que lo trajo al mundo, pero una vez que me han visto, mi presencia era totalmente innecesaria.

–No para algunos de los invitados –respondió él con un gruñido–. ¡Algunos no podían dejar de desnudarte con los ojos!

–Si eso es así, la culpa es tuya, Constantine –le espetó ella–. Tú fuiste quien compró el vestido.

–¡Y no sé por qué lo hice!

–Oh, sí, claro que lo sabes –le contradijo ella–. Porque con el aspecto que tengo normalmente no era lo bastante buena para tus invitados. Y tenías miedo de que te pusiera en ridículo.

–No quería que te sintieras fuera de lugar.

–¿No crees que me siento mucho más fuera de lugar con un collar de diamantes de medio millón de euros al cuello? –Laura miró la cajita de piel–. Por favor, llévatelo. Sólo tenerlo en la habitación me pone nerviosa.

–Laura, ¿por qué estás portándote así? –explotó él.

¿Por qué? ¿Porque la hacía sentir ordinaria? ¿Como si la verdadera Laura sólo fuera aceptable vestida como otra persona? ¿Porque él nunca la amaría como ella deseaba ser amada?

Laura se apartó el pelo de la cara y lo miró.

–¿Portándome cómo? Tú eres el que ha entrado aquí con una expresión helada en la cara –le respondió ella–. Bueno, ¿has venido para algo en concreto? Porque estoy cansada y quiero dormir.

Constantine entrecerró los ojos. Era la primera vez que Laura no se derretiría automáticamente en sus brazos, ni buscaba la cercanía de su cuerpo.

–Sí, he venido para algo muy concreto –dijo él–. Para pedirte otra vez que te cases conmigo.

Era irónico, pensó Laura vagamente, que a veces los sueños más irrealizables pudieran disolverse en cuanto empezaban a hacerse realidad.

Era una proposición de matrimonio del hombre que amaba, supuestamente lo que su corazón más deseaba. Y sin embargo, se lo había propuesto con toda la frialdad de un enorme iceberg flotando en el océano Ártico.

–¿Supongo que para legitimizar a tu hijo?

Constantine la miró. ¿No habían compartido ya demasiado para que él disfrazara la verdad con excusas? Se encogió de hombros.

–Por supuesto.

Laura sintió ganas de llorar, o de arrojarle el objeto más cercano a la cabeza. Pero como se trataba de la caja de los diamantes no se atrevió a arriesgarse.

Constantine percibió lo contrariada que estaba.

–Por supuesto nuestro matrimonio no sería sólo eso.

–¿Ah, no? –preguntó ella.

–En estos días que hemos estado juntos hemos visto que podemos llevarnos bastante bien, ¿no? –la voz masculina se suavizó–. Y en la cama, o fuera de ella, somos pura dinamita, *agape mou*.

Sí, eso lo sabía, pero ¿no era lo más aterrador? ¿Que la atracción física que había entre ellos fuera una de las principales razones para estar juntos? ¿No decía todo el mundo que eso era lo primero que se acababa? ¿Qué tendrían entonces? Un matrimonio falso y frío. La sola idea la hizo estremecer.

–No –dijo ella.

–¿No? –la voz de Constantine no ocultó su incredulidad y su perplejidad–. ¿Cómo puedes decir que no cuando sabes que eso es lo que quiere Alex?

Laura se llevó los dedos a la garganta y lo miró con temor.

–¿Se lo has preguntado? ¿Has tenido la desfachatez de preguntárselo a mis espaldas? –preguntó ella con voz ronca.

–¿Me crees capaz de algo así? –dijo él torciendo la boca–. No, no se lo he preguntado, pero sabes que lo que digo es cierto. A Alex le encanta estar aquí. No tienes más que mirarlo para darte cuenta de cuánto ha cambiado desde que llegó.

Eso era cierto, ella misma lo había observado, y él se había dado cuenta.

—Pero eso es chantaje —susurró Laura.

No, eso era luchar por lo que era suyo, un hijo que se había convertido para él en algo mucho más importante que todas sus propiedades, sus barcos y el estatus internacional del que gozaba. Para él su hijo era mucho más que la continuación de un linaje, el pequeño Alex se le había metido en el corazón y no parecía dispuesto a marcharse. ¿Estaba Laura dispuesta a dejar a un lado los deseos de su hijo?

—Pregúntale —le desafió él—. Venga, pregúntale.

Pero las crueles palabras de Constantine la hicieron centrarse de nuevo en lo importante, y Laura se puso en pie y lo miró desafiante, a pesar de sentirse ridículamente pequeña a su lado.

—No, no se lo preguntaré, porque no me casaría contigo ni aunque fueras el último hombre de la Tierra —declaró ella—. Un hombre tan cruel y tan frío que ni siquiera puede perdonar a su propio padre. ¡A pesar de que ese padre le ha pedido perdón una y otra vez!

—¿Has estado hablando con mi padre? —preguntó él furioso.

—¿Y qué si he hablado con él? ¿Es un delito? —le espetó ella—. ¿Es que tengo que pedirte permiso cada vez que quiera hablar con alguien?

—¡Tú te atreves a acusarme de hacer cosas a tus espaldas, y ahora descubro que tú has hecho exactamente lo mismo! —rugió él.

—Por favor, no intentes justificarlo usando la lógica. Tu padre cometió errores, sí, y tu madre también. Aunque me da la impresión de que tu madre no pudo evitarlo. Tu madre era una de esas personas débiles, incapaces de dar amor, incluso a su propio hijo. Pero no pueden evitarlo, Constantine. Nacen así.

Constantine apretó los puños de rabia. ¿Cómo se atrevía? ¿Cómo se atrevía?

–¿Has terminado?

El tono de su voz hubiera hecho callar a cualquiera, pero Laura no se dejó amedrentar.

–¡No, no he terminado! ¡No puedo creer que te hayas atrevido a pedirme que me case contigo cuando sigues furioso por la frialdad de tu infancia y a pesar de todo quieres someter a Alex a más de lo mismo!

–¿De qué estás hablando, Laura?

La conversación estaba siendo demasiado dolorosa, y Laura no estaba preparada para reconocer que, de realizarse, su matrimonio sufriría el desequilibrio emocional que el de los padres de Constantine. Porque él no se daba cuenta de que ella lo amaba, pero el día que se diera cuenta, tendría un gran poder sobre ella, algo que ella quería evitar por encima de todo.

–Estoy hablando de educar a un niño en un matrimonio sin amor –se explicó ella–. No es justo. Las cosas entre nosotros sólo podrían ir a peor, no a mejor, y Alex se vería atrapado entre nuestros sentimientos y nuestras animadversiones. ¿Qué clase de ejemplo seríamos para él? –dijo ella con la voz temblorosa–. ¿Qué esperanza de ser feliz en su vida tendría si todo lo que ve a su alrededor es desgracia y tensiones? ¿Cómo podría llegar a creer en el amor y la felicidad si nunca ve un ejemplo en su propia casa?

Sin aliento y sin palabras, Laura calló. No le quedaba nada más que decir, pero no era necesario. Porque la expresión de Constantine era impenetrable, y sus ojos, siempre enigmáticos, ahora parecían dos frías piedras negras.

–¿Eso es lo que crees? –preguntó él.

–Sí, porque es la verdad –susurró ella, aunque le partía el corazón reconocerlo.

Por un momento se hizo un silencio, un silencio tenso que se podía cortar.

–Muy bien, Laura –dijo por fin Constantine con voz de acero–. Entiendo tus palabras, puesto que son, como tú has dicho, la verdad. Y al menos si te vas no tendré que soportar tu continua interferencia en asuntos que no te atañen.

Laura rezó para que no le temblaran los labios, ni sus ojos reflejaran el dolor que sentía.

–Constantine...

Pero él la hizo callar.

–Tendremos que hacer planes, para que todos nos beneficiemos al máximo. Necesitarás ayuda financiera. ¡No! –Constantine levantó la mano anticipando sus protestas–. Éste no es el momento para muestras de orgullo innecesario –le espetó él–. Eres la madre de mi hijo y tengo que insistir en que tengas unos ingresos adecuados para mantenerlo como corresponde. Quiero que vaya a un colegio donde no se siente acosado por los demás niños...

–¿Quién te lo ha dicho?

–Él, ¿quién si no? –dijo Constantine con impaciencia–. No con esas palabras, pero me he dado cuenta de que no es lo feliz que debería ser. Necesita un colegio donde pueda practicar deportes, y tú necesitas dinero para borrar esa expresión angustiada de los ojos, y que no tengas que complementar tus ingresos con trabajos de camarera.

Permaneció unos momentos en silencio. Por fin,

pasándose una mano por los cabellos, suspiró y continuó:

–Y yo... –respiró profundamente para tratar de contener el dolor que le estaba invadiendo un corazón que tanto tiempo llevaba tratando de proteger–. Quiero ver a Alex todo lo que sea posible. Tendremos que llegar a un acuerdo sobre eso.

Laura sintió ganas de abrazarlo, de decirle que podría verlo siempre que quisiera, de tranquilizarlo y asegurarle que llegarían al mejor acuerdo para todos. Pero había algo tan frío e imperdonable en las palabras masculinas que no se atrevió. Constantine se acababa de convertir en un desconocido.

–Claro –dijo ella tensa.

–Lo organizaré todo para que volváis a Inglaterra lo antes posible. Creo que, bajo las circunstancias, será lo mejor. Mis abogados se pondrán en contacto contigo en Londres, pero mañana por la mañana quiero un rato para estar a solas con Alex –respiró profundamente y tuvo que hacer un esfuerzo para continuar hablando–. Para despedirme de mi hijo.

Capítulo 13

PERO, mamá, ¿por qué tenemos que irnos tan pronto?

Laura sentía la sonrisa en los labios como si la tuviera tallada en mármol. Tras la terrible discusión con Constantine después de la fiesta, decidió que la mejor manera de responder a las preguntas de su hijo sería presentar su regreso a Inglaterra como algo totalmente normal.

–Pero nuestros planes eran estar en Grecia sólo unas semanas –le recordó su madre–. ¿Te acuerdas?

–Pero hemos estado muy poco –protestó Alex enfadado–. Y me gusta estar aquí.

Laura lo sabía, y le partía el corazón tener que llevárselo, pero no le quedaba otra opción. Alex había sido feliz en Inglaterra, y volvería a serlo, sobre todo si no tenía que aguantar el acoso de los demás niños en un colegio donde era el único diferente.

–De todas maneras volverás a menudo, a ver a tu padre. Y él vendrá a Inglaterra, a verte. Tendrás lo mejor de los dos mundos, de verdad, Alex.

Alex se mordió el labio, como si no acabara de estar muy de acuerdo con su madre.

–¿Puedo ir a nadar con Stavros, por favor?

–Claro que sí –susurró Laura, con el corazón a punto de hacerse añicos–. Pero sólo tienes un par de horas. El helicóptero saldrá después de comer, y no podemos llegar tarde.

Esta vez Laura había accedido a regresar a Inglaterra en el avión particular de Constantine.

Laura acompañó a su hijo a jugar con el afable estudiante griego, y se quedó contemplando cómo se alejaban los dos hacia la piscina.

Regresó a su habitación y terminó de recoger sus cosas. Dobló la ropa que se había traído de Inglaterra y la metió en la desgastada maleta que había llevado con ella. Durante unos momentos acarició con los dedos los elegantes trajes de noche que Constantine le había comprado, pero ¿para qué iba a llevárselos a Inglaterra? Se habían comprado con el único objetivo de darle el aspecto de una mujer Karantinos, algo que no era y nunca sería. No tenía derecho a aquellas prendas, que por otro lado tampoco tenían lugar en su vida. ¿Dónde demonios tendría la posibilidad de ponérselos en Milmouth?

Después recogió las cosas de Alex, aunque no incluyó los maravillosos juguetes y libros que Constantine le había comprado. Incluso si le cupieran, ¿dónde los metería, en su diminuto apartamento? Además, estarían allí para cuando Alex fuera a visitar a su padre.

Laura tragó el amargo sabor del miedo al futuro, ante la posibilidad de que algún día Alex decidiera vivir con su padre y la rechazara a ella y su país de nacimiento, pero se dijo que Alex no lo haría.

Cuando terminó de recoger, vio que todavía le quedaban unas horas. Ya se había despedido del padre de Constantine, y también de Demetra. Las despedidas siempre eran difíciles, pero aquélla era peor, cargada con el significado de todo lo que dejaba atrás. Lo peor era la idea de dejar a Constantine.

¿Estaba loca? ¿No sería más lógico morderse la lengua y aceptar que Constantine, aunque no la amara, podría proporcionar a Alex una infancia segura?

Pero no una infancia con amor, se recordó. Y ella no podía dejar que Alex viviera en un mundo sin emociones como el que su padre le ofrecía.

Salió a dar un último paseo por los jardines que rodeaban la vivienda y oyó los juegos distantes de Alex y Stavros en la piscina. A lo lejos vio el elegante yate blanco flotando en las aguas zafiro del Mediterráneo, pero nada parecía real. ¿Era porque Constantine no estaba en ninguna parte? ¿O quizá fuera ella?

Caminando hacia una parte de los jardines donde no había estado nunca, llegó a un rincón rodeado de buganvillas, un lugar secreto y perfumado al que se tenía acceso después de recorrer un sendero polvoriento entre un campo de olivos. Allí se sentó en un banco de piedra, y deseó haber bebido algo de agua antes de salir de la casa.

Durante un rato recapacitó sobre lo que haría al regresar a Milmouth, quizá ampliar la panadería y vender productos ecológicos cultivados en la zona. Quizá así lograra volver a sentirse parte de aquella comunidad y dejara de ser una mujer triste que había dejado su corazón y su alma en aquel paraíso griego del que tenía que despedirse.

–¿Escondiéndote, Laura?

La voz grave de Constantine rompió el silencio, y a Laura le dio un vuelco el corazón. Constantine apareció ante ella y se sentó en el banco de piedra a su lado.

–¿Por qué iba a esconderme? –preguntó ella.

–No sueles venir a este sitio –comentó él.

–¿Entonces cómo sabías que estaba aquí?

Se hizo un silencio.

–Te he seguido –reconoció él.

Otro silencio. Esta vez más largo. Y ahora el corazón de Laura latía tan deprisa y con tanta fuerza que apenas podía hablar.

–¿Por… por qué?

Los ojos masculinos descansaron en la esbelta línea de los muslos bronceados que se marcaban bajo el fino vestido de algodón que llevaba. ¿Por qué? Porque ella continuaba obsesionándolo, a pesar de que había jurado no dejarse atrapar por ella. Aunque ¿cuántas veces se había dicho que la obsesión que sentía por ella se debía únicamente a que lo había rechazado, a que había tenido la desfachatez de declinar su proposición de matrimonio por segunda vez?

Buscó los ojos grises con la mirada y sintió la punzada del deseo insistentemente en la entrepierna.

–¿Por qué, Constantine? –insistió ella–. ¿Por qué me has seguido?

Constantine le tomó una mano y la estudió.

–No lo sé –dijo en voz baja, dibujando círculos en la palma de la mano con el pulgar. La sintió estremecerse–. ¿Alguna sugerencia?

Laura ya tenía la garganta totalmente seca, por la caricia, por la cercanía, por el repentino brillo en los ojos masculinos, y se dijo que debía apartar la mano. Y apartarse de él.

Sacudió levemente la cabeza, en un gesto de negación.

–¿En serio? –continuó él sin dejar de acariciarle con el pulgar–. ¡Qué poca imaginación, *agape mou*! –susurró arrimándose un poco más a ella–. Resulta un poco decepcionante que alguien a quien he entrenado tan incansablemente en el arte del amor no se aproveche inmediatamente de una última oportunidad como ésta.

Eran palabras peligrosas.

«Los dos sabemos que ha terminado», se recordó ella con desesperación. «¿Por qué dejas que te siente en su regazo? ¿Que deslice la mano bajo el vestido y te baje las bragas? ¿Que te meta los dedos entre las piernas y…?»

–¡Constantine! –exclamó.

La besó para callarla, pero también porque quería besarla. Necesitaba besarla. Castigarla y hacerla sufrir tanto como estaba sufriendo él. Pero el beso no se quedó ahí, sino que se transformó en un hambre terrible y doloroso que sólo se podía mitigar de una manera. Constantine apartó la boca de la suya y le ordenó:

–Desabróchame los pantalones.

Laura ni siquiera titubeó. Obedeció con manos temblorosas y lo liberó, maravillándose una vez más de todo su poder. Qué grande y firme era en su mano diminuta, pensó ella mientras le colocaba el preservativo que él acababa de darle.

Y después, con gran impaciencia, Constantine tiró de los vaqueros hacia abajo, hasta que le llegaron a los tobillos. Ni siquiera se molestó en quitárselos. En lugar de eso, alzó a Laura en el aire como si fuera de algodón y la bajó sobre él sin dejar de besarla con una pasión que apenas los dejaba respirar. No tardó en sentir que los gemidos del orgasmo femenino estaban cerca, al igual que los suyos, y tras unos movimientos de las caderas femeninas, Constantine rugió en su boca y se derramó en ella, a la vez que sentía las contracciones de Laura alrededor de su miembro.

Después Laura se desplomó sobre él, enterrando la cabeza en el hombro, haciendo un esfuerzo para no llorar, y preguntándose por qué se sentía tan aturdida.

¿Por qué él lo había hecho de aquella manera, y por qué ella se lo había permitido?

«Si vuelve a pedirme que me quede, quizá le diga

que sí», pensó ella débilmente, pero enseguida notó cómo Constantine la alzaba en el aire separándola de él.

–Arréglate la ropa –le ordenó él bruscamente subiéndose los pantalones, odiando la debilidad que tenía con ella.

¿Por qué era incapaz de resistirse físicamente a ella?, se preguntó amargamente. ¿Lo tomaría ella como otro pequeño triunfo? ¿Una demostración más del dominio total que ejercía sobre Constantine Karantinos?

–Te dejaré para que vuelvas a la casa cuando quieras –terminó él pasándose una mano por los rizos morenos antes de dar media vuelta y alejarse.

Laura se quedó sola, sin apenas poder creer lo que acababa de ocurrir. ¿Cómo le había permitido hacerle… eso? Pero no sólo se lo había permitido, sino que había disfrutado de cada erótico segundo que había estado en sus brazos. Por eso, si Constantine le había perdido definitivamente todo respeto como mujer, ella era la única culpable.

Pero en cierto modo el orgasmo la había vaciado de todo sentimiento y emoción, y al menos eso hizo que los últimos preparativos para la partida fueran más soportables. Y por eso pudo hablar animadamente con Alex sobre las castañas que crecerían en otoño en los árboles ingleses, ignorando la expresión seria del niño, que la miraba con el ceño fruncido y el semblante serio.

Sólo hubo un momento en que estuvo a punto de perder la calma, y fue cuando Constantine abrazó a su hijo en un abrazo que se hizo interminable.

Después, el padre le acarició el pelo, despeinándole los rizos, y sonrió.

–Pronto iré a verte Inglaterra –dijo él.

La cara seria de Alex se iluminó por primera vez.

–¿Cuándo?

–¿Qué te parece el mes que viene?

–Me parece perfecto, papá.

Las aspas del helicóptero empezaron a girar, cada vez a mayor velocidad, y Laura miró por la ventanilla. Constantine tenía los ojos clavados en su hijo y ella sintió una punzada de remordimientos. ¿Se equivocaba al llevarse a su hijo de vuelta a Inglaterra? Pero, ¿cuántas mujeres estarían dispuestas a vivir atrapadas en una isla tan pequeña como aquélla con un hombre que no los amaba?

La isla se fue perdiendo en la inmensidad del mar a medida que el helicóptero se alejaba, pero Constantine continuó allí durante un largo tiempo mirándolo, hasta que el punto negro desapareció en el horizonte y entonces sus hombros se hundieron con el peso de algo demasiado doloroso que no era capaz de analizar.

Capítulo 14

CUANDO los pasos de Alex se alejaron, Laura cerró la puerta de la calle y soltó un largo suspiro.

«Por favor, que pase un buen día con Sarah y se le borre esa expresión de desilusión y desgana que le cubre el rostro desde que volvimos de Grecia la semana pasada», rezó Laura en silencio.

Hacía una semana que habían vuelto de Grecia, y parecía que había pasado un año.

Era extraño estar de vuelta en Inglaterra, e incluso más en el pequeño apartamento que ya no sentía como su hogar. No porque sus dimensiones y su decoración no tuviera nada que ver con la enorme mansión de los Karantinos en Livinos, sino porque Constantino no estaba allí. Y su presencia le faltaba como si le faltara el aire que necesitaba para respirar.

–Echo de menos a papá –le había dicho el pequeño Alex en más de una ocasión.

«Y yo también», había pensado ella, sin decirlo en voz alta. «Yo también».

Las cosas en Inglaterra habían cambiado, y también Sarah, que aprovechaba cada oportunidad para acercarse a Londres a ver a Matthius, el primo de la estudiante griega que Constantine había contratado para ayudar a Sarah durante la ausencia de Laura.

Unos golpes en la puerta la devolvieron a la realidad. Corrió por el pasillo y fue a abrir.

–¿Qué os habéis olvida…? –empezó a preguntar, pero se interrumpió al ver que no era ni Alex ni Sarah, sino… Constantine.

Laura parpadeó para controlar las lágrimas que le llenaron los ojos al verlo. Llevaba toda la semana pensando en él, soñando con él, y ahora estaba allí, en carne y hueso, con una expresión en el rostro que ella no había visto nunca.

–Constantine –dijo en un susurro.

Quiso tocarlo, abrazarlo, deslizar los dedos por la mandíbula fuerte y bronceada, para poder convencerse de que no era un sueño.

–¿Qué… qué haces aquí?

Entonces se dio cuenta. ¡Claro! Había ido a ver a su hijo. La desgarradora despedida en Livinos debió llevarle a verlo antes de lo planeado, aunque a ella le hubiera gustado estar sobre aviso, al menos para no haber abierto la puerta con un par de vaqueros viejos y una camiseta que había visto mejores tiempos.

«Piensa en Alex», se dijo. «Es lo único importante», pensó, y logró esbozar una sonrisa.

–Oh, qué lástima, Alex se acaba de ir.

–Lo sé.

Laura lo miró sin comprender.

–¿Lo sabes?

–Sí. Esta mañana he llamado a Sarah y le he pedido que se lo llevara a pasar el día fuera.

Laura parpadeó confundida. Cierto que últimamente Sarah ya no parecía creer que Constantine fuera la encarnación del diablo, pero compincharse con él para…

–Pero, ¿por qué?

Las cejas oscuras se alzaron con sarcasmo.

–¿Quieres que te lo diga de pie en la puerta?

Rápidamente ella abrió la puerta de par en par y lo invitó a pasar.

–No, no, claro que no. Pasa.

Cuando él lo hizo, Laura tuvo que sujetarse al pomo de la puerta para mantener el equilibrio. Su mera proximidad le produjo una terrible oleada de debilidad y anhelo que estuvo a punto de desestabilizarla.

De pie en el pequeño recibidor, Constantine parecía ocupar todo el espacio, y Laura sacudió la cabeza, sin comprender.

–Por favor, dime por qué has venido –le pidió ella en un susurro.

–¿No te lo imaginas, Laura?

Ella negó con la cabeza, y fue entonces cuando Constantine se dio cuenta de que no se lo iba a poner nada de fácil, y quizá fuera mejor así. Porque él también necesitaba sentir la duda y la incertidumbre, además del miedo a que ella volviera a rechazarlo.

–He pensado en todo lo que me dijiste aquella noche, sobre el amor y el pasado –empezó él–, y en el impacto que tienen ambas cosas en el presente y del futuro –se hizo otro silencio–. Había cosas que no quería oír –susurró como si le costara reconocerlo en voz alta–, cosas que me negaba a escuchar, que quería bloquear para no tener que enfrentarme a ellas. Pero cuando me calmé, me di cuenta de que tenías razón. De que tenía que perdonar a mi padre, y también a mi madre.

–Constantine...

–Eso es lo que he venido a decirte. Que lo he hecho, que he hablado con mi padre y le he dicho...

Su voz se apagó y Laura levantó la mano.

–No tienes... no tienes que decírmelo si no quieres –susurró ella.

–Oh, en eso te equivocas. Quiero contártelo, Laura. Necesito hablar contigo y contarte muchas cosas, igual que he hablado con mi padre.

Constantine respiró profundamente, porque aunque era un hombre valiente, para abrir el corazón como estaba haciendo necesitaba otro tipo de valor muy distinto.

–Le dije que ya era hora de que fuéramos padre e hijo, y de que él fuera un abuelo para Alex.

Laura asintió, como si por fin empezara a entender a qué se debía a su repentina aparición en Londres. Iba a pedirle que le dejara llevarse a Alex con él a Grecia, para facilitar su relación con su padre, un hombre demasiado mayor y demasiado enfermo para viajar grandes distancias. Y, aunque no era lo ideal, Laura sabía que iba a aceptar. Aunque no le ofreciera un matrimonio con amor, aceptaría lo que fuera. Por el bien de todos.

Porque había tenido la oportunidad de vivir la alternativa, una vida sin él, y era una vida sin sentido. Como un jarrón que nunca tenía flores.

–Me parece perfecto –dijo ella.

Constantine entrecerró los ojos.

–¿Sí? –preguntó–. Pues a mí no.

Esta vez Laura sí que sintió verdadero miedo. Quizá no iba a pedirle que se casara con él, sino sólo a su hijo.

–¿Por qué no? –Laura apenas tenía voz.

–Porque he sido un tonto –respondió él apasionadamente–. No he sabido ver lo que tenía delante de las narices. Tú, Laura, eres la mujer que me hace reír, que me desafía, que no tiene miedo a decirme la verdad. Que me besa con la mayor ternura que he conocido jamás, y que a tu lado los diamantes pierden su brillo y parecen mediocres.

Constantine respiró entrecortadamente, sabiendo que todavía no se había sincerado por completo, pero admitir amor por primera vez en su vida no era fácil para un hombre que nunca lo había sentido en los demás. La miró con el alma en los ojos y el corazón a punto de salirse del pecho, consciente de que si lo decía tenía que ser porque era cierto. Y de repente todo pareció más fácil.

–Tú eres la mujer que amo, Laura –continuó él en voz baja–. Te quiero, Laura. Te quiero con todo mi ser.

–Oh, Constantine –susurró ella, sin apenas atreverse a creer lo que estaba oyendo.

–La pregunta es si tú me amas a mí –dijo él.

¿Había perdido el juicio?

–¡Sí! ¡Sí!

–¿Tan intensamente como yo?

–¡Oh, sí!

–Entonces, porque a la tercera va la vencida, y porque se me está acabando la paciencia, ¿quieres casarte conmigo, Laura?

Una sonrisa iluminó el rostro femenino.

–¡Sí! ¡Oh, Dios, sí! ¡Te quiero, te quiero, Constantine! Te quiero desde hace mucho, y no sabes lo maravilloso que es poder decirlo en voz alta.

–Prométeme que no dejarás de decírmelo nunca.

–No, mi dulce Constantine.

Él la abrazó y esa vez sí que la desestabilizó, pero aunque a Laura le flaquearon las rodillas, no cayó, porque Constantine la sujetaba con fuerza contra él a la vez que empezaba a besarla.

Epílogo

LA BODA se celebró en Grecia. Sarah fue la madrina y Alex se ocupó de llevar los anillos de platino sobre un cojín de terciopelo, encantado de que sus padres estuvieran por fin a punto de formar una familia.

Fue una ceremonia íntima, con una gran recepción a continuación, a donde llegaron una gran cantidad de felicitaciones desde todos los rincones del país y del planeta. Entre ellas, quizá la que más agradeció Laura fue la de Ingrid Johansson, la modelo sueca que ahora se había convertido en la señora Ingrid Rockefeller y vivía rodeada de lujos en el centro de Manhattan. El mensaje decía:

Me hiciste un favor, querido. Ahora tengo un hombre que me adora y con el que me casé hace un mes.

Hacía tiempo que Laura sabía que Constantine ya había roto su relación sentimental con la modelo cuando ella apareció en su vida, pero se alegraba de que la belleza sueca fuera feliz.

Por su parte Sarah había obtenido una plaza en una escuela de Bellas Artes en Londres, y estaba empezando una nueva vida en el apartamento que había comprado con el dinero obtenido por la venta de la panadería y el piso de Milmouth, y con una ayuda extra de Laura y Constantine.

Juntos decidieron que Alex siguiera yendo al colegio en Livinos hasta que tuviera edad para continuar sus estudios en Atenas, al igual que había hecho su padre. Y, además de un curso intensivo en griego, Laura tenía planes de abrir una panadería en la isla, donde no le costaría encontrar ayuda si la necesitaba, y con la que podría ser algo más que la esposa de Constantine, algo muy importante para ella.

Y sospechaba que para él también. Su noche de bodas, Constantine le confesó que una de las razones por las que se había enamorado de ella era su orgullo e independencia. Era la única mujer que conocía que no se volvía loca por un anillo de diamantes.

De hecho, la falta de entusiasmo de Laura por las joyas fue el único problema en los preparativos de la boda.

–Es costumbre que el novio dé un regalo a la novia –murmuró abrazándola–. Pero como los diamantes no te impresionan, ¿qué demonios puedo darte como regalo de bodas que tenga el mismo valor, *agape mou*?

Y Laura sonrió, porque era una pregunta tonta. Ella ya tenía lo que más quería, la cosa más valiosa del mundo. El amor del hombre que adoraba.

El amor de Constantine.

Bianca™

**Ella no podía perdonarle, pero tampoco podía
privarle de sus hijos**

Cassie quiso morirse al
darse cuenta de que su
nuevo jefe era el padre de
sus hijos. Él la había abandonado seis años antes, después de hacerle el amor y
prometerle que se casaría
con ella.

Alessandro no sabía
quién era la mujer rubia y
de ojos verdes que había llamado su atención. Sólo
sabía que la conocía, que la
había visto antes. Aunque
no tardaría en descubrir su
identidad…

La novia olvidada

Michelle Reid

Acepte 2 de nuestras mejores novelas de amor GRATIS

¡Y reciba un regalo sorpresa!

Oferta especial de tiempo limitado

Rellene el cupón y envíelo a
Harlequin Reader Service®
3010 Walden Ave.
P.O. Box 1867
Buffalo, N.Y. 14240-1867

¡Sí! Por favor, envíenme 2 novelas de amor de Harlequin (1 Bianca® y 1 Deseo®) gratis, más el regalo sorpresa. Luego remítanme 4 novelas nuevas todos los meses, las cuales recibiré mucho antes de que aparezcan en librerías, y factúrenme al bajo precio de $3,24 cada una, más $0,25 por envío e impuesto de ventas, si corresponde*. Este es el precio total, y es un ahorro de casi el 20% sobre el precio de portada. ¡Una oferta excelente! Entiendo que el hecho de aceptar estos libros y el regalo no me obliga en forma alguna a la compra de libros adicionales. Y también que puedo devolver cualquier envío y cancelar en cualquier momento. Aún si decido no comprar ningún otro libro de Harlequin, los 2 libros gratis y el regalo sorpresa son míos para siempre.

416 LBN DU7N

Nombre y apellido	(Por favor, letra de molde)

Dirección	Apartamento No.

Ciudad	Estado	Zona postal

Esta oferta se limita a un pedido por hogar y no está disponible para los subscriptores actuales de Deseo® y Bianca®.
*Los términos y precios quedan sujetos a cambios sin aviso previo.
Impuestos de ventas aplican en N.Y.

SPN-03 ©2003 Harlequin Enterprises Limited

Deseo™

Magnate busca esposa

Paula Roe

Para Cal Prescott, un multimillonario hombre de negocios, estaba claro que se casaría y tendría el heredero que necesitaba. Y no necesitaría buscar demasiado lejos para encontrar a la mujer adecuada, porque la aventura de una noche que había tenido con Ava Reilly lo había dejado fuera de sus sentidos y, a ella, embarazada.

La desesperación hizo que Ava aceptara casarse sin amor. Deseaba conservar sus tierras tanto como Cal su empresa, y ambos querían a su futuro hijo. Eso tenía que ser suficiente para construir un matrimonio. Eso, y la ardiente pasión que esperaban reavivar.

HARLEQUIN Deseo

Magnate busca esposa
Paula Roe

¿Conseguir una esposa o perder su empresa?

Bianca™

Ella amaba al príncipe, pero su amor no era correspondido

Maggie sabía que el príncipe Tomasso Scorsolini, su imponente jefe italiano, era para ella un sueño inalcanzable.

Pero ahora Tomasso necesitaba casarse y, harto de cazafortunas, se dio cuenta de que la inocente Maggie era la esposa perfecta para él.

Maggie no podía creer que el príncipe hubiera elegido a una mujer tan sencilla como ella, pero tal vez él sólo quisiera un matrimonio de conveniencia, no una mujer a quien amar...

Un príncipe en mi cama

Lucy Monroe